KB067355

지연된 귀환

지연된 귀환

펴낸날	초판 1쇄 2023년 11월 25일
지은이	문선일
펴낸이	서용순
펴낸곳	이지출판
출판등록	1997년 9월 10일
등록번호	제300-2005-156호
주소	03131 서울시 종로구 율곡로6길 36 월드오피스텔 903호
대표전화	02-743-7661 팩스 02-743-7621
이메일	easy7661@naver.com
디자인	김민정
인쇄	ICAN
물류	(주)비앤북스

값 15,000원

ISBN 979-11-5555-209-4 (03810)

※ 이 책은 2023년 제주특별자치도, 제주문화예술재단의 문예진흥기금을
　 지원받아 발간했습니다.

▶ 문선일 수필집

지연된 귀환

이지출판

13년 전 교직에서 정년퇴직했다. 집에서 식물을 가꾸고 차를 마시며 조용히 책을 읽는 여백이 있는 삶을 살고 싶었다. 그런데 남편의 권유로 얼떨결에 제주대 평생교육원 수필창작교실과 인연을 맺게 되었다. 강의 내용이 신선했다. 하지만 수필 습작은 큰 부담으로 다가왔고, 시간이 흘러도 무엇을 어떻게 쓸지 막막하기만 했다.

그러나 40여 년 외길 삶에서 벗어나 바라본 세상, 내 삶의 영역 안으로 들어오는 주위의 모든 것들이 나를 유혹했다. 요리 강습, 올레길 걷기, 수필 강의, 박물관 도슨트, 색소폰 연습, 게다가 난타동아리 봉사활동까지… 이곳저곳에 휘둘렸다.

나에게 글쓰기는 기본기가 부족하다고 생각했다. 외눈박이 약시로 보이는 흐릿한 사물들, 번득이는 상상력이나 호기심도 부족하고, 무엇보다 내 안에 문학적 감성이 흐르지 않는다는 좌절감. 그래서 한 문장을 써내기가 쉽지 않았다.

또한 글쓰기에 몰입하는 열정과 시간이 부족한 것 같았다. 내가 걸어온 평범한 경험과 건조한 문장들. 수필이라는 이름으로 독자들에게 내보여도 될까, 고민했다. 그래서 책 속에 파묻혀 내 안을 들여다보는 내밀한 생활과는 거리가 먼 일상에 휘둘렸던 것이다. 수필은 서서히 나의 관심사에서 멀어지는 듯했다.

그래도 눈부신 이 세상 살다간 내 삶의 흔적을 진솔하게 한 권의 책으로 남기고 싶었다. 내 글을 읽고 한 사람이라도 공감해 주는 분이 있다면 나는 그것으로 만족한다는 생각이다. 내 삶에서 맞닥뜨렸던 회한과 감사의 편린들을 어렵게 소환해 냈다. 휘몰아쳤던 내 삶의 여정, 황금기에 울고 웃었던 소재들도 불러들였다. 살면서 힘들고, 흐뭇했고, 훈훈했던 일들을 담담하게 진정을 담아 엮었다. 어쨌든 책한 권 출간하게 되어 기쁘다.

나의 글에 대들보를 얹어 주신 존경하는 손광성 선생님께 깊이 감사드린다. 정을 나누며 첫 번째 독자가 되어 준 서향원사람들 문우들과 정성을 다해 주신 이지출판사 서용순 대표에게도 감사드린다.

　힘내어 살아가고 있는 아들과 두 딸 성헌, 리향, 리경이 사랑한다. 며느리와 사위들 화선, 용혁, 민호에게도 고마움을 전한다. 어느새 성인이 된 듬직한 손자 준영, 지빈, 수한, 영학, 멋쟁이 손녀 지혜를 응원한다.

　그리고 내 생애 가장 고마우신 아버지와 5년 전 서둘러 강을 건너간 남편 강창범 님께 이 책을 드린다.

2023년 11월

문선일

▶ 차례

책을 펴내며 4

제2부 수묵화 속으로 들어가다

동행

　50여 년 전 남편의 추억 여행에 동행했다. 그가 꼭 한 번 가 보고 싶어 했던 섬으로. 겨울의 끝자락 싸늘한 공기가 한기를 느끼게 했지만, 하늘빛은 맑고 투명했다.

　숨어 살았다는 반씨네 고가의 문간방은 세월과 함께 사라지고 없었다. 무서웠던 시간을 잊기 위해 찾은 초등학교 운동장에 들어섰다. 수령을 가늠할 수 없는 아름드리 은행나무 앞에 섰다.

　"이 나무 밑에 앉아 책을 읽으며 시간을 보냈지…"

　남편은 감개무량한 듯 나무를 어루만졌다. 잎새를 다 내려놓고 빈 몸으로 서 있는 나무. 그는 그윽한 눈빛으로 한참 동안 올려다보았다.

"아! 옛날엔 돌담집이었는데 알록달록한 무지개색으로 변했네."

남편은 아쉬운 듯 교정을 돌아보았다. 그래도 위로가 되어 주던 은행나무가 아직 남아 있어 추억의 한 자락은 잡은 듯했다.

60년대 중반 한일회담 반대라는 역사적 사건 속에서 나라를 위해 몸부림쳤던 사람. 대학교 총학생회장이라는 직책은 그에게 지명수배라는 꼬리표를 달아 주었다.

두 달 간 몸을 숨겨 주었던 강화도. 그는 아침마다 오르내리던 전등사 고갯길을 올라가다 만난 어르신과 대화를 나누고 있다. 아마 50년 전 기억을 함께 더듬고 있으리라.

일흔이 넘어 되새김해 보는 암울했던 젊은 날의 상흔은 이제 어떤 색깔로 남아 있을까. 꿈 많던 대학생이 교정과 학군단에서 갑자기 내쳐졌던 아픔과 서슬 퍼런 경찰의 눈을 피해 몸을 숨겨야 했던 시간, 엄동설한처럼 춥고 막막했으리라.

프리드리히 니체는 삶의 유형을 세 단계, 즉 낙타, 사자, 어린아이로 사는 것이라고 했다. 남편은 무거운 짐을 묵묵히 지고 걷는 낙타로 살면서도, 남다른 권력 의지로 지배받기보다는 지배하기를, 명령을 따르기보다는 명령하기를 더 원했다. 자유 의지로 삶의 순간순간을 사자로서 거슬러 오르기를 원했던 사람이었지 싶다.

그러나 이제 남은 생은 스스로 놀이규칙을 만들어 가볍게 순진무구한 어린아이로 살아갔으면 했는데….

나의 평생의 동반자 강창범(姜昌範). 그는 정년퇴직 4년 후, 8년간 병마에 잡혀 무척 힘들어했다. 이제 죽어도 여한은 없지만, 그래도 한 십 년만 더 삶이 주어지면 좋겠다고, 살아야 할 이유를 만들어 내는 그를 보면서 먹먹해지곤 했다.

"나 이대로 갑자기 푹 쓰러질 것 같아."

항암주사 후유증으로 힘들어하던 남편의 이 한마디에 가슴이 철렁했다. 그의 눈을 마주할 수가 없었다. 위로가 될 어떤 말도 떠오르지 않았다. 눈시울이 흐려졌다. 동반자로 아무것도 해 줄 수 없는 막막함. 그런 암울한 나날을 며칠 견디다 보면 그는 툭툭 털고 다시 밝은 얼굴로 나를 보고 웃곤 했다. '피할 수 없으면 즐겨라.' 투병하면서 벽에 써 붙인 좌우명처럼 혼자 잘 견뎌 주었다.

다시 살라 해도 똑같이 살고 싶다는 자존감과 무한 긍정으로 힘겨운 병마를 이겨 내고 있는 것은 아닐까.

한 달에 두 번 상경하여 받는 항암치료를 누구의 도움도 마다하고 혼자 감당했다. 청소, 설거지, 의복관리 등 잡다한 집안일까지 운동이라면서 활기차게 규칙적인 생활을 했다.

"병에 잡히니 건강한 하루하루가 얼마나 소중한지 알게 되었소."

자기 몫까지 하고 싶은 일, 힘든 이들을 위로하는 봉사활동에 즐겁게 참여하라고 내 등을 떠밀어 주는 여유도 보였다.

생로병사의 고통을 넘어서려 애쓰면서도 성숙한 실존적 삶을 살고 있는 여백이 있는 남자. 그와 동행하면서 둘이 함께 사는 이 순간의 삶을 어떻게 살아야 할까 자문해 보곤 했다.

그와의 동행이 어느새 50여 년. 세상이란 무대에서 남녀가 함께 추었던 춤은 괜찮았을까. 부부 사이에서도 권력의 의지는 예외 없이 드러나는 법. 무거운 짐을 지고 묵묵히 걸어가는 낙타, 거슬러 오르며 사자로 살고자 하는 그와의 부대낌은 소소한 일상에서도 피해 갈 순 없었다.

"국이 좀 짜네. 전등이 또 켜진 채 있더군. 이건 저 자리에 있어야 하는데…."

가끔은 모른 체 넘어가 주었으면 하는데도 그냥 지나치지 않았다. 반복해서 꼬집어 낼 때는 짜증이 나곤 했다. 한쪽 귀로 듣고 흘려 넘기다가 참을 수 없을 땐 인간의 불완전함을 인정하라고 반박하기도 했다.

사람의 습관은 좀처럼 변하지 않는다는 것, 그와 나의 평행선을 보면 알 수 있다. 기억력이 좋고 세심하며 권력의 의지가 넘치는 남자, 소탈하고 덤벙거리고 건망증이 심하며 주의력이 부족한 여자. 그러고 보니 이런 남녀가 참 오래 살았지 싶다.

니체는 이렇게 말했다.

"사랑이란 자신과 다른 방식으로 느끼며 다르게 사는 사람을 이해하고 기뻐하는 것이다. 차이를 부정하는 것이 아니라 그 차이를 사랑하는 것이다."

생각해 보면 우린 너무 다른 사람이었다. 그래도 사랑이 있었지 싶다. 사람 인(人)자처럼 받쳐 주고 의지하는 동행인. 늘 나의 부족한 면을 채워 주고, 격려해 주고, 꿈을 꾸게 해 주었다. 언젠가 야무지게 역할을 다하지 못하는 내가 불만이었던 남자에게 물었다.

"어수룩한 짝이 매력적이지 안허우꽈?"

"음양 조화 원리에서 보면 우리는 괜찮은 인연 아닌가?"

당차고 야문 여자를 만났으면 어땠을 것 같냐고 슬쩍 묻는 내게 되레 반문했다.

부부의 인연은 기적이라고 한다. 그렇다면 두 사람이 부부로 만날 수 있는 확률은 얼마나 될까? 무한 우주의 일부인 작은 별에서 떨어져 나와, 한 여자의 태 속으로 들어와 모아진 생명체. 천상천하 유아독존으로 이 세상에서 만난 각각의 생명들. 자기와 전혀 다른 유전자에 더 끌린다고도 하고, 이성 간 냄새의 매력으로 만나게 되기도 한다는 부부의 인연. 이 경이로운 우연을 그와 나는 필연으로 만들어 가고 있을까.

산사에서 내려오다가 고즈넉한 찻집에서 차향을 마주했다. 창 너머 수령을 알 수 없는 연리지가 눈에 들어왔다. 서로 다른 두 가지가 만나 한 가지가 되어 있었다. 얼굴만 한 동그란 구멍, 그리고 서로 다른 방향으로 뻗어 올라간 잔가지들의 자유로움과 머지않아 돋아날 연초록 잎새들. 연리지는 시원한 그늘로 산사를 찾는 다정한 부부들을 불러모을 것이다.

피해 갈 수 없는 생로병사의 고통을 의연히 받아들이던 남편. 50년 전 추억 여행을 함께한 4년 후, 나만 남겨 놓고 혼자 외롭게 떠나 버렸다.

아버지의 바다

    어머니를 휠체어에 모시고 대문을 나섰다. 96세의 아버
지가 두 지팡이에 몸을 의지하고 천천히 뒤를 따르셨다.
아버지의 조끼에 '6·25 참전 유공자'라는 글자가 유난히
도드라져 보인다. 오늘 나들이는 부둣가에 있는 옛집을
둘러보는 것이었다.

    옛 모습을 더듬으며 바라본 항구에는 여전히 깃발을 세
운 고깃배들이 북적이고, 비릿한 갯내음이 우리를 반겨
주는 듯했다. 멀리 바다 위에 떠 있는 정겨운 비양도는 두
팔로 안을 만큼 가깝게 보였다. 등대와 지금은 방파제로
변신해 버린 톤대섬도 친근하게 다가왔다. 어린 시절 내
시야에 가득했던 다정한 풍경들. 어느 사이 나의 소싯적

추억들이 뭉게구름처럼 피어올랐다.

나의 아버지 문인수(文仁受)는 배 짓는 목수였다. 빈농의 장남으로 신혼 초에 일본 군함을 만드는 도크를 찾아가 기술을 배웠다고 한다. 그런데 1948년 제주의 지축을 뒤흔든 4·3사건의 여진 속에 도크로 일하러 떠난 아버지를 내놓으라며 경찰이 들이닥쳤다. 4·3 광풍은 세 살배기 나도 피해 가지 못했다. 아버지 간 곳을 대라고 윽박지르던 경찰이 만삭인 어머니와 세 살짜리 나를 한림지서(경찰서)로 끌고 갔다. 나는 세 살 때 만삭이던 어머니와 무서운 감옥살이를 했다. 다행히 일주일 후 간신히 풀려났다.

목숨을 부지할 길을 찾던 아버지는 6·25 싸움터에 지원하는 길밖에 없다고 생각하셨을까? 국민학교 운동장에서 전쟁 지원자를 선발했다. 그런데 28세의 아버지는 나이가 많다며 '입대 불가' 줄에 세워졌다고 한다. '아차, 큰일났구나'라고 생각한 아버지.

"군대 가는 쪽 줄로 슬쩍 바꿔 섰겨."

감독관이 한눈을 파는 사이에 줄을 바꿔 섰다고 한다. 6·25보다 더 참혹했던 4·3을 피해 총알이 빗발치는 전쟁터로 스스로 들어가신 아버지. 그때 아버지에게 만삭의 아내와 어린 딸의 존재는 무엇이었을까?

열한 번 밀고 밀렸던 마지막 보루, 치열했던 백마고지 전투였다.

"친구와 둘이 사흘을 밀림 속을 헤매다 용케 살아왔져."

소대원들이 적의 총알에 다 쓰러지고, 굶주림과 무서움에 가슴 졸이다 가까스로 아군에게 발견되어 살아나셨다는 아버지. 하지만 전쟁이 끝나도 돌아올 수 없었다. 강원도의 화물선 건조 도크에서 2년여 더 배를 만들고 난 후에야 집으로 올 수 있었다.

그러나 또다시 당신의 일을 찾아 자주 우리 곁을 떠나야 했다. 도크가 있는 먼 곳으로. 아버지의 사랑을 목말라하던 어린 딸은 아버지가 보고 싶으면 집 앞 방파제에 앉아 바다 끝, 아득한 수평선을 하염없이 바라보곤 했다. 연기를 날리며 들어오는 배들, 나를 향해 아버지가 달려오시는 것만 같았다. 온화한 미소를 지으며….

그러던 어느 날 오랜 가뭄 끝에 단비처럼 아버지는 노란 바탕에 분홍색 꽃무늬가 있는 예쁜 티셔츠를 안고 오셨다.

"우아, 예쁘다!"

나는 생각지도 못한 선물을 뺨에 비비며 팔딱팔딱 뛰었다. 그 순간은 아버지보다 티셔츠가 더 좋았지 싶다. 무명 치마저고리만 입고 다니던 50년대, 신소재 나일론 티셔츠는 나의 자존감을 올려 주는 보물 1호가 되었다. 아버지의 부재로 늘 의기소침하던 내가 친구들 앞에 처음으로 의기양양하게 나설 수 있었다.

어디 그뿐인가. 아버지는 나무를 깎아 '세상에 하나뿐인 필통'을 만들어 주셨고, 밤이면 희미한 등피불 밑에서 다정한 목소리로 받아쓰기를 불러 주시곤 했다. 결혼 후 아버지는 무슨 뜻에선지 작은 반닫이도 하나 만들어 주셨다. 그 반닫이는 아버지의 체온을 간직한 채 지금도 거실 한자리를 지키고 있다.

큰 키에 하얀 피부, 뚜렷한 눈썹, 사색에 젖은 듯 고요한 눈매에 흐르는 잔잔한 미소, 노년 들어 꽃 가꾸기를 좋아하시던 아버지. 온종일 같이 있어도 먼저 말씀이 없으신, 깊은 바다처럼 속이 깊으셨다.

어머니는 배움만이 살 길임을 아시고 우리 여섯 남매 교육에 삶의 전부를 걸었던 것 같다. 하지만 아버지는 자주 멀리 집을 떠나셨고, 홀로 남은 어머니의 간절한 소망과 감내하기 어려운 삶의 무게를 그때 나는 알지 못했다. 오죽이나 힘들었으면 맏딸만은 당신의 무거운 짐을 덜어 주었으면 하셨을까. 맏딸인 나는 동생들을 돌보고, 집안 살림뿐만 아니라 밭일과 장사일까지 도와야 했다. 지금도 추억하고 싶지 않는 버거운 삶이었다.

'왜 나는 실컷 일만 하고 학교도 못 가야 하나?'

내 밑으로 아들 셋을 내리 낳고 이어서 두 딸을 더 낳은 어머니. 그때 당연한 것으로 알았던 살림밑천이라는 큰딸인 나는 '왜 나는 차별을 받아야 하냐'며 억울해했다.

아무리 망치로 때려 눌러도 튀어오르는 놀이기구 속 두더지처럼 나는 꿈을 접을 수가 없었다. 붙들고 싶은 나의 유일한 희망의 끈을.

다행히 고향에 여고가 개교했다. 한 가닥 희망을 안고 마음 졸이고 있었다. 하지만 아버지보다 결정권이 더 컸던 어머니는 여전히 말이 없으셨다. 긴 침묵만 흐를 뿐⋯. 어머니 눈치만 살피며 가슴이 타들어가던 어느 날 저녁, 먹구름 속에서 한줄기 햇살이 비치듯 아버지가 조용히 입을 여셨다.

"장학생으로 학교 다녀 지커냐?"

아버지의 이 한마디가 여름 밤 소나기를 가르는 천둥처럼 온몸을 흔들었다. 드디어 여고생이 되었다. 어머니는 새벽이슬을 맞으며 밭일을 하고 밖에서 장사일도 하셨다.

집안일은 온전히 내 몫이었다. 학교에서 돌아오면 산처럼 쌓여 있는 집안일, 칭얼대는 어린 동생들. 어머니는 일요일과 소풍날, 방학만 기다리셨다. 그래도 내겐 꿈결 같은 여고시절이었다.

그러나 도전은 늘 그에 걸맞은 대가를 치러야 하는 것. 어느 사이 대학 입시가 눈앞에 다가왔다. 대입은 나에겐 가당치도 않은 호사였다. 또다시 크고 단단한 벽 앞에 서야만 했다. 암담했다. 담임 선생님이 몇 번 다녀가셔도 부모님은 요지부동이었다. 나는 고민 끝에 10대 소녀의 가출이라는 용감한(?) 선택을 했다. 시내에서 유학하고 있던 친구의 도움으로 가까스로 대입 시험을 봤다. 교육대학에 합격했다.

"우리 딸! 정말 잘했져. 아버지 기쁘다."

말씀이 없으시던 아버지의 이 한마디에 왈칵 눈물이 쏟아졌다.

나의 대학 생활은 아르바이트로 학비와 용돈을 해결하

느라 늘 종종걸음을 쳤다. 대학생의 낭만은 그림의 떡이었다. 친구들이 삼삼오오 음악감상실에 드나드는 모습이 부럽기만 했다.

말씀이 없어도 흐뭇하게 나를 바라보시는 아버지의 눈빛은 고단한 나의 삶에 큰 힘이 되곤 했다. 여자 관리직이란 하늘의 별따기였던 시절, 하지만 나는 도전하고 싶었다. 그리고 해냈다. 교장 발령을 받고 부모님을 교장실로 모셨다. 소파에 앉아 큰딸의 명패를 자랑스레 어루만지시던 아버지. 환한 미소를 짓고 계셨지만 서서히 눈가가 촉촉해지셨다.

"아버지 덕분입니다."

내 눈시울도 흐려졌다.

부모님을 찾아뵌 어느 날, 백수에 가까워지신 아버지께 부탁드렸다.

"아버지! 자손들에게 꼭 하고 싶은 말씀 남겨 주십서."

"한세상 사는 거 몬몬허진 안 해도, 그래도 좌미나게 살라."

한 세기를 살아낸 삶에서 나온 성찰의 한마디. '힘들 때도 있지만 재미있게 살라' 하신 아버지의 말씀을 지금도 가끔 떠올린다.

험난한 인생 여정을 살아오신 부모님을 모시고 악기 연주회를 열었다. 어버이 은혜, 고향의 봄, 내 나이가 어때서, 사모곡 등을 하모니카, 오카리나, 색소폰으로 다양하게 들려 드렸다. 음악에 빠져드는 것 같던 아버지가 갑자기 하모니카를 입에 물고 한참 동안 소리를 내시는 게 아닌가.

"열다섯엔가 친구 하모니카 딱 한 번 불어 봐신디."

삶의 무게 때문에 눌러왔던 감성이 비로소 용솟음치는 것이었을까. 평생 힘든 삶을 감내하느라 표현하지 못한 감성일 것이다. 그때 나는 아버지의 젊은 날의 소망, 그 한 조각을 보았다. 지금에야 뒤늦게 알아챈 회한이 사무쳤다.

그리운 내 고향 바다. 고요한 달밤, 밀물이 집 앞까지 넘실대던 검푸른 넓은 바다! 어린 시절 일상에 지친 심신을 넉넉한 품으로 포근히 안아 주었던 바다. 아버지 또한 내 영혼의 품 넓은 바다였다. 아버지께서 만들어 세상에 띄워 주신 외로운 배 한 척, 세파를 헤치고 당당히 항해할 수 있도록 밀어 주신 분. 내 생에 가장 고마운 분 나의 아버지!

* * *

2021년 9월 23일 추석 다다음 날, 푸른 실핏줄이 선명한 아버지의 손을 꼭 잡았다. 아버지의 손에 아직 힘이 느껴졌다. 고비를 몇 번 넘기셨던 아버지, 마지막인 줄 몰랐다. 힘겹게 숨을 몰아쉬는 아버지의 머리를 감싸 귀에 대고 속삭였다. 내가 평생 가슴에 품고 있으면서 입 밖으로 내보내지 못한 마지막 한마디.

"사랑합니다, 아버지! 정말 고맙습니다!"

아버지는 감았던 눈을 살며시 떠서 나를 바라보셨다. 아버지의 두 손을 모아 꼭 잡았던 따스한 손을 놓아야 했다. 두 시간 뒤 아버지는 숨을 거두셨다. 향년 100세. 나의 아버지의 고단한 인생은 그렇게 막을 내렸다.

명월천이 그립다

　나는 3남3녀의 맏딸로 이 세상에 왔다. 밑으로 남동생 셋, 이어 여동생 둘이 태어났다. 6·25전선 백마고지 전투에 참전하셨던 아버지는 배 짓는 목수로 도크가 있는 곳을 찾아 외지를 떠도셨다. 혼자서 외롭게 자식들을 키워야 했던 어머니는 무엇이든 해야만 했다. 어머니는 농사일과 장사로 쉴 날 없이 바깥일을 하셨고, 살림밑천 맏딸은 동생들 돌보기, 밥짓기와 설거지, 빨래와 청소까지 집안일을 떠맡아야 했다.

　별빛이 쏟아지는 밤, 하루일이 겨우 마무리되면 집 앞 방파제에 앉아 반짝이는 고깃배들의 불빛을 바라보며 바닷물에 마음을 담갔다. 밀물이 집 앞 방파제 턱밑까지 차오르는 달밤이면, 나는 옷을 훌훌 벗고 물속으로 다이빙했다. 자유롭게 텀벙거리다 보면 하루의 무게가 가벼워지곤 했다. 꼭 안아 주는 밤바다가 좋았다. 맏딸의 무게가 버겁기만 하던 날들, 숨 쉴 곳을 찾아 나섰던 것일까.

영혼의 고향, 한 폭의 고운 수채화가 그리움으로 언뜻언뜻 아른거렸다. 꼭 한번 가 보고 싶었던 명월천을 칠십이 넘어서야 찾아 나섰다. 밤새 비가 세차게 쏟아진 아침, 추억을 더듬으며 헤매었다. 가슴이 떨렸다. 너무 늦게 온 것일까. 깊게 패인 냇바닥은 무성한 잡풀로 뒤덮였고, 군데군데 흙바닥이 드러나 있었다. 큰비가 내렸는데도 물웅덩이가 군데군데 있을 뿐, 삭막하고 황량한 건천이 초라하게 누워 있었다.

둥글게 패인 세 개의 구멍으로 물을 세차게 보내던 아담한 다리는 껑충한 몸체만 볼품없이 서 있었다. 구멍 숭숭한 제주 돌담이 정겹던 냇둑은 시멘트 속에 묻혀 버렸다. 천년 세월 동안 흘렀음직한 생명수가 고작 60년 세월도 버텨 주지 못하다니. 제주의 3대 하천 중 하나였던 명월천의 애잔한 모습에 아쉽고 망연했다. 누가 나의 영혼의 고향을 빼앗았을까. 애써 충격을 추스르며 추억의 상자 속 퍼즐 조각을 꺼내어 이리저리 맞춰 보며 한참을 서 있었다.

명월소주는 오랫동안 애주가들의 사랑을 받아왔다. 물맛이 좋아 유명해진 명월소주의 원류인 명월천은 이제 없었다. 근처 어르신에게 여쭈었다.

"명월천 물, 다 어디 갔수가?"

"저 위에서 물을 다 뽑아 써 부난 말라 버렸수다."

어르신은 서운한 듯 건천을 바라보며 말했다. 무분별한 중산간의 난개발, 자연 파괴의 주범은 여기서도 사람들 아닌가.

내가 앉아서 빨래하던 곳은 어디쯤이었을까. 눈을 들어 더듬었다. 푸르게 넘실대던 논밭 사이로 철철 흘러내리던 냇물. 이끼 낀 동글동글한 자갈돌, 빨래를 삶던 화덕, 벌거숭이들의 웃음소리는 어디에서 떠돌고 있을까.

볕살 좋은 일요일이면 집 가까이 있는 용천수 빨래터를 마다하고 내 발길은 한 시간은 족히 걸리는 아득한 명월내로 향했다. 큰 대나무구덕에 빨랫감을 꾹꾹 눌러 담고, 장작과 솥을 얹어 등에 지고 걸었다. 맑고 투명한 냇물에 가족들의 체취가 밴 빨랫감을 비벼 냇물에 담그면, 땟물은 어느새 깨끗이 씻겨 내렸다.

큰 이불 홑청을 조물조물 비빈 다음 냇가 돌에 솥을 걸고 장작불을 지펴서 빨래를 삶았다. 누르죽죽하던 이불 홑청은 하얗게 바랬다. 냇둑 돌담 위에 길게 펼쳐 널면 검은 돌담 위에서 파도처럼 넘실대던 그 광경은 흰 구름이 내려 냇둑에 걸린 것 같았다. 얼마나 눈부셨던지 내 가슴 속 우울이 씻은 듯 사라졌다.

돌담 위에 앉아 파란 하늘에 흘러가는 조각구름이 깊게 내린 맑은 냇물을 오래도록 바라보곤 했다. 다리 구멍에서 빨라진 물살을 타고 벌거숭이들이 물미끄럼을 타며 물장구치던 모습이 선연했다.

우리 집은 큰 항구 방파제와 맞닿아 있고 시장을 끼고 있었다. 규모가 대단했던 오일장 날 집 앞에 상인들이 벌여 놓은 좌판 때문에 발 디딜 틈이 없었다. 밤새 뱃사나이들의 스트레스 푸는 노랫가락, 술꾼들의 고함 소리를 음악 대신 들어야 했다. 진학 시기마다 살림밑천이 되어 주었으면 하는 어머니의 바람 앞에서 억울해하며 울던 유소년 시절, 거부하기도 외면하기도 어려운 맏딸의 역할에서 서둘러 벗어나길 갈망하던 시간이었다.

일 년에 두 번 외할아버지 제삿날과 새해 인사 드리러 외가에 가는 날은 항상 마음이 들떴다. 명월천 상류엔 바위와 나무들로 울울창창한 계곡이 있고, 그곳에서 선비들이 모여 시회를 열고, 한량들이 어울려 주연을 베풀었다고 한다. 외가에 가면 명월대를 휘감아 조잘거리는 계곡물과 이 나무 저 나무를 옮겨 다니며 지저귀는 새소리를 들으며 나무 열매를 따 먹곤 했다.

온화한 미소로 반겨 주시는 외할머니는 큰 유자나무에서 노란 유자를 따 한 보따리 싸 주셨다. 외할머니는 고생하는 딸이 안쓰러워 우리 집 농사일을 많이 도와 주셨다. 나중에 돈 벌면 용돈을 듬뿍 드리고 싶다는 나의 다짐도 마다하고, 마음의 빚만 물려주고 강을 건너셨다.

만만한 삶이 어디 있으랴. 나도 어미가 되어 사느라 숨이 차오를 때가 있었다. 그때마다 묵묵히 제자리를 지키셨던 강인한 어머니의 주름진 얼굴과 투박한 손이 떠올랐다. 절절했던 맏딸의 원망과 서러움은 간 곳 없고 마음 한구석이 아릿했다.

내 영혼의 고향, 곤고했던 시절 나의 영혼을 달래 주던 명월내. 이젠 잃어버린 고향, 내 영혼을 어디에 뉘일까?

명월천이 그립기만 하다.

'태풍 바비'로 비바람이 몰아친다. 유리창 틈새를 테이핑했지만 많이 흔들린다. 덜컹거리는 마음을 진정시키기 위해 클로버에서 '향수'를 청해 듣는다.

좋아하는 가수의 고급지고 감성 어린 선율이 상큼하게 흐른다. 내 안에선 명월천에서 멱감던 그 맑은 냇물이 흐른다. 명월내의 청아한 물소리가 여전히 그립다.

안경아, 고마워

아침에 눈을 뜨면 안경부터 찾는다. 손에 잡히지 않으면 아무것도 할 수가 없다. 이를 어쩌랴. 그가 없는 세상을 살아가는 것은 상상하기조차 힘들다. 그가 나에게 얼마나 소중한 존재인지, 설명이 불가능하다.

나의 인간다운 삶을 위해 애써 주는 일등 공신. 내 몸의 일부가 되어 나를 위해 무던히 애써 준 지 60년이 훨씬 지났다. 그의 무한한 공로를 인정하면서도 공기의 고마움을 잊어버리듯 그 은혜를 종종 잊어버리곤 한다. 그런데도 서운해하지도 아파하지도 않는다. 한결같이 나만 바라보고 있다. 그동안 마음을 써 주지 못해 이별한 안경이 또 얼마인가.

눈이 많이 아팠다. 눈에 눈곱이 끼더니 누런 액체가 며칠째 흘렀다. 눈꺼풀은 퉁퉁 붓고 천근만근 무거웠다. 밀려 있는 과제와 졸업논문 준비로 글자 속에 파묻혔으니 눈에 과부하가 걸린 것이었다. 신경을 곤두세우며 애써 준비한 과제 발표 시간. 그런데 글자가 이상한 로마체로 변해 버렸다. 그리고 무슨 벌레처럼 꾸물거리다 사라져 버렸다. 아예 백지가 되어 버린 것이었다. 나는 그만 주저앉고 말았다. 40대 후반에 만학의 꿈을 이루고 싶어서 신체적 어려움은 아랑곳하지 않고 덤벼든 대학원 논문 학기. 당황했던 기억이 또렷이 떠오른다.

나는 태어나면서 고도근시였다. 중학교에 가서는 맨 앞자리에서도 칠판 글씨가 잘 보이지 않았다. 쉬는 시간에 친구의 공책을 베끼다 보면 시작 종이 울리곤 했다. 신체의 약점은 홀로서기를 시작하는 사춘기 소녀를 괴롭혔다. 앞에 나서지 못하고 늘 뒤에서 머뭇거렸다. 자신감이 없어 의기소침했다. 마흔까지만이라도 세상을 볼 수 있게 해 달라고 밤마다 기도했던 기억이 아련히 떠오른다.

어렵게 진학한 고등학교 입학 기념으로 쓰게 된 두툼한 검정 뿔테 안경으로 환하게 펼쳐진 세상을 보았다. 달라진 사물에 대한 놀라움, 지금도 잊을 수가 없다. 밝은 세상으로 나아가는 순간이었다. 암담하기만 했던 미래에 대한 불안은 기우가 되고 말았다.

"몸이 천 냥이면 눈이 구백 냥"이라는 말이 있다.

시력이 괜찮았다면 내 삶은 어떻게 달라졌을까. 가장 하고 싶은 마이카 운전, 밤새워 책 읽기, 작고 예쁜 야생화에게 말 걸기, 타인의 표정과 교감 나누기 등 손가락을 꼽아 보며 부질없는 생각에 빠지곤 한다.

눈으로만 보는 것은 아니다. 눈이라는 신체의 감각 기관을 통해 들어온 빛은 망막의 황반을 지나 시신경을 통해 뇌에 전달되어 앎의 정신작용이 일어난다. 그렇다면 눈은 마음과 연결되어 있다는 말이다.

망막 검사 결과 의사의 진단은 그나마 지탱하고 있는 한쪽 눈의 상태도 아슬아슬하다고 걱정을 했다. 그 말을 듣는 순간 검사를 받은 것이 후회되었다. 6개월에 한 번 정밀검사로 진행 정도를 알아보는 것 외에 내가 할 수 있는 일이 없다니….

상경하여 일 년에 한 번 눈 전문병원에 가서 녹내장 정기검진, 가까운 병원에 가서 6개월에 한 번 망막 검진하기,

한 달에 한 번은 녹내장과 백내장 예방약 처방전을 받기 위해 안과를 찾곤 했다. 얼마 전에는 직선이 곡선으로 꾸물거려 병원을 찾았더니 무서운 황반변성까지 왔다고 한다.

아침마다 눈 혈자리를 눌러 주고 눈에 좋은 운동, 영양제와 식이요법도 신경을 써 보지만 언제까지 현상 유지가 가능할지 모르겠다.

그래도 안경 덕택에 칠십 중반까지 잘 살았으니 더 무엇을 바라랴. 사실 안경의 사랑도 무한하지는 않음을 잘 안다. 누구나 끝없이 사랑 받기를 원하지만 받아들일 능력이 있어야 가능한 일 아닌가. 고도근시는 안경으로 일정 도수를 높이는 데 한계가 있기 때문이다.

안경을 착용하고도 좀 먼 거리에서는 지인을 알아보지 못해 안타깝다. 사실을 알지 못하는 사람들은 보고도 모른 체한다며 예의 없다고 수군거리기도 하지만, 나로서는 속수무책이다. 시력이 더 떨어질까 봐 전전긍긍하며 책을 멀리하기도 했다. 안경을 끼고 화장하지만 화장품이 뭉쳐 있으면 외출하는 나에게 남편은 딱하다는 듯이 한마디하곤 했다.

"사모님, 거울 한 번 보시지요."

그때마다 당황하여 어찌할 바를 모른다. 심지어 뒤집힌 옷을 입고 무대에 올라가 동료를 웃게도 했다. 교통이 불편한 직장으로 옮기면 동료의 도움으로 출퇴근할 수밖에 없었고, 색소폰 연주 무대에서 악보가 잘 안 보여 당황하기도 했다. 신경 써서 작성한 문서나 문자는 오타가 자주 튀어나와 민망할 때도 많았다.

지인으로부터 운전을 못한다고 천연기념물이라는 농담을 들을 때는 자존감마저 떨어져 의기소침해진다. 세상의 작은 것들은 코밑까지 다가서야 보인다. 그러니 불편하여 아예 보지 않으려고 관심 밖에 두는 것이 버릇이 되어 버렸다. 얼마나 비정한 인생인가.

더군다나 나는 왼쪽 눈만 보이는 외눈박이다. 오른쪽 눈은 바로 눈앞까지 짙은 안개가 밀려온 듯 부옇기만 하다. 외눈으로는 거리 조절이 되지 않는다. 그래서 고리 던지기가 한 번도 들어간 적이 없다. 차를 다른 잔으로 옮길 때도 잔 밖으로 흘러넘친다. 외눈박이로 살아가려니 이렇게 종종 실수를 하게 된다. 그래도 목이 있어 두리번거리며 두눈박이인 양 살기는 하지만, 내가 보는 세상이 정상이 아닌데 정상인 줄 알고 살고 있다.

본질은 좋고 나쁨이 없다는 불법(佛法)에서 그나마 위로를 찾는다. 보이는 것이 실상이 아닌 것이다. 허나 내 눈에 보이는 것이 내가 사는 내 세상이다. 그러다 어느 날 보이지 않아서 좋은 점도 있다는 것을 문득 깨닫고는 미소를 지었다.

오일장에서 사 온 꽤 많은 야채를 씻거나 꼼꼼히 설거지하기, 집안 구석구석 쌓인 먼지를 닦는 일 등은 대부분 내 일거리인데도 남편의 몫이 되기도 한다. 그나마 시력이 좋고 깔끔한 남자와 함께 살았으니 참 다행이다. 외출할 때도 미리 부탁하면 기꺼이 도움을 주곤 했다.

"살아서 숨 쉴 수 있고, 사모님 기꺼이 모시게 되어 기쁩니다."

남편은 농담까지 곁들이며 능청을 떨곤 했다.

얼마 전 자외선으로부터 눈 보호와 멋내기를 겸한 선글라스를 하나 더 마련했다. 시원한 세상이 상큼하게 다가와 기분이 새롭다. 안경 색깔에 따라 이렇게 세상이 다르게 보이는데….

집착 없는 깨끗한 마음으로 이 세상을 볼 수 있다면 세상 만물의 불성(佛性)이 더 자세히 보일 것이다. 좀 안 보인다고 아쉬워하기보다 지금 보이는 세상에 감사하면서 살려고 한다.

내 눈으로 보지 못한 세상, 관심과 사랑을 주지 못한 뭇 생명들에게 범한 결례를 어찌하랴. 푹푹 찌는 이 아침에 미안한 마음은 창 넘어 들어오는 한줄기 시원한 바람에 실려 보낸다. 외눈박이 약시로 여태껏 잘 살아낸 나에게 위로와 큰 칭찬을 보내고 싶다. 이 아름다운 세상을 보며 잘 살게 도와준 나의 안경에게 무한한 감사의 마음을 건네 본다.

칠십에 자연을 재발견하다

이른 아침에 수목원을 찾는다. 이곳에 터를 잡은 날짐승들의 청아한 울음소리는 새벽 공기와 함께 오감을 깨운다. 도심 속 공원 한라수목원이 집 가까이 있으니 나에겐 이만저만 행운이 아닐 수 없다. 편안한 마음으로 마치 내 소유의 정원인 양 심신을 내려놓는다.

기억을 더듬으니 이 수목원이 태어난 지도 벌써 40년 세월이 흘렀다. 그리 만만한 인연은 아닌 셈이다.

수목원은 그간 내게 많은 것을 선물해 주었다. 내가 준 것은 아무것도 없으니 사실 받기만 했다. 봄이면 형형색색의 꽃으로, 여름이면 시원한 그늘로, 가을이면 주홍빛 감으로, 겨울이면 눈꽃 세상을 안겨 주었다. 신비한 사계의 풍광을 오랫동안 경이롭게 바라볼 수 있었던 건 내 삶의 여정에 결코 작지 않은 축복이었다.

되돌아보니 어린 나무가 세월만큼 훌쩍 커 하늘을 찌르는 듬직한 수목이 되어 있다. 그냥 컸겠는가. 굳은 심지로 거센 비바람과 뜨거운 태양, 차가운 한파를 견디어 낸 생명들. 꼿꼿이 서서 그 자리를 지켜왔음을 이제 와서 새롭게 느끼게 된다. 수목원이 이처럼 타인을 위한 삶을 살고 있는 동안 나는 어떤 삶을 살아왔을까.

육아와 교직, 일인다역으로 허둥대던 30대부터 수목원은 나의 친구가 되었다. 가끔 자신을 돌아보고 버킷 리스트를 쓰며 비상을 꿈꿔 보던 4, 50대, 세 아이들이 떠나고 본래 자리로 돌아갈 시간이 다가오고 있다는 서늘함으로 가슴이 비어 오던 60대, 삶의 고비마다 기쁨의 순간, 상처받아 아플 때, 갈 길이 흐릿하여 막막할 때, 이곳은 나와 희로애락을 함께해 주었다.

이곳에 안겨 심호흡을 하면, 아프면 울어도 좋다고 말해 주는 것 같았다. 콧잔등이 짠해지며 나무들 사이로 빈 하늘가를 올려다보면 차츰 평온해지는 마음….

40년 지기와 새록새록 우정을 쌓아가는 동안 시간은 흘러

금세 주름 깊어진 칠순이 지나 버렸다.

수목원 한자리를 당당하게 차지한 봉긋한 오름이 있다. '훅훅!' 거친 숨을 내쉬며 한 걸음씩 내딛다 보면 눈앞에 의젓한 소나무들이 반겨 주었다. 쭉 뻗은 자태가 심상치 않은 소나무에 눈길이 머물면, 반가운 친구를 만난 듯 달려가 두 팔 벌려 안고 그의 속삭임에 귀를 기울였다. 솔잎을 흔드는 한줄기 시원한 바람과 향긋한 솔향은 먹먹한 가슴에 살며시 스미어 온몸을 감싸 안아 주었다.

오랫동안 시험 준비를 하는 아들에게 이번만은 꼭 좋은 소식이 있을 거라고 마음 졸이며 기다렸지만, 번번이 가슴이 내려앉았다. 그때마다 가만히 위로해 주는 여여한 소나무를 올려다보며 막막한 마음을 달래곤 했다.

자리를 잡아야 할 늦은 나이에도 꿈을 내려놓지 못하고 인내하는 피붙이에게 조금만 더 힘을 내라는 말을 차마할 수가 없었다. 너무 안타까우면 어떤 말도 할 수 없다는 것을 그때 알았다. 솔잎 사이로 내려온 파란 하늘을 보며 간절히 두 손을 모을 뿐. 아들이 갈매기 조나단의 꿈을 안고 암울한 시간을 견뎌 내는 동안, 어미는 자식을 위해 염불과 기도밖에 더는 해 줄 수 있는 게 없었다.

긴 세월 동안 발걸음의 무게도 무상했다. 그저 뭔가 이루고만 싶었던 시절에는 마음을 달래기 위해 신나는 음악을 듣거나, 벗들과 이런저런 이야기꽃을 피우면서 걸었다. 그러나 이곳 생명들의 무심한 속삭임은 들을 수 없었다. 뒤늦은 깨달음으로 하나둘 내려놓았다. 친구와 핸드폰, 시계와 모자까지도.

허전하여 내려놓기가 쉽지 않았지만 차츰 그 자리에 자연스럽게 다가오는 것들이 있었다. 더 상쾌하게 코끝을 간질이는 맑은 공기, 수목들의 숨소리와 화초들의 함박웃음, 새와 곤충들의 하모니와 몸짓들이 경이롭게 다가와 나도 그들 속으로 들어가고 있었다.

30대 중반쯤 육아와 직장이 너무 힘에 겨웠는지, 나는 오롯이 나만의 시간과 공간을 갈망했다. 타인의 감정을 읽으며 끝없이 소통해야 하는 직장, 퇴근하면 나를 기다리는 아이들은 나를 가만두지 않았다. 힘든 자신을 위로하고 싶어서 토요일 오후 배고픈 자식들을 외면하고 비정한 엄마가 되어 혼자 방황하던 시간들. 나의 케렌시아는 수목원이었다. 지치고 힘들 때 찾는 곳, 이 수목원은 꽉 막힌 나의 숨통을 탁 틔워 주었다. 오붓한 나만의 세상을 얻은 셈이었다.

여기엔 편안하게 안아 주는 포근한 마사토 산책길이 있다. 길옆의 수많은 생명들은 저마다 각별함을 뽐내고 있다. 길 양쪽으로 쭉 늘어서서 나를 호위하며 하늘로 곧게 뻗은 늘씬한 소나무들. 심호흡을 하면 몸이 부웅 떠오르는 것 같았다. 하늘을 가린 소나무 사이로 낮게 드리운 잡목들의 아기자기한 모습, 무리지어 웃고 있는 수국과도 눈맞춤을 한다. 본래 자리로 돌아간 솔잎은 쿠션을 만들어 내 발바닥을 부드럽게 감싸 주곤 한다. 전신에 느긋한 안도감이 감돈다.

소나무 숲 산책길에 오면 나는 한 살씩 젊어지는 것 같다. 소나무가 뿜어내는 싱그러운 송진 냄새는 나의 육신을 깨우는 듯하고, 진한 피톤치드가 치유의 역할을 단단히 하는 것 같다.

걸으면서 시도 외우고, 좋아하는 철학자 니체도 떠올린다. "우리를 행복하게 하는 것들이라고 해서 다 좋은 것도 아니고, 우리를 아프게 하는 것들이라고 해서 다 나쁜 것도 아니다"라는 말. 선과 악, 행과 불행이 따로 없다는 불법에 고개를 끄덕이며 걷는다.

수련이 함박 웃고 있는 연못에 발길이 머물렀다. 잔잔한 눈길로 둘러보니 아득한 곳에 다소곳이 백련 한 송이가 내 안으로 들어왔다. 그 앞에서 웃고 있는 두 송이 어린 연꽃 뒤로 튼실한 수련에 눈부신 후광이 비쳤다.

심장을 나눈 아이 둘과 만학의 남편을 바라보며 오랜 시간을 견뎌 내는 며느리를 바라보는 아들의 마음, 안쓰러워 얼마나 가슴 저렸을까.

그래도 가뭇없이 사라져 간 시간이 무심한 것만은 아니었다. 너무 고맙다. 오랜 가뭄으로 목마른 호수에 단비가 내려 촉촉하듯, 내 아들에게도 견디어 낸 세월이 헛되지 않았다. 이제는 가진 것 조금이나마 이웃과 함께 나누며 넉넉한 마음으로 편안해졌으면 좋겠다.

이 수목원에서 긴 세월 동안 받은 위로와 즐거움과 마음의 평안은 어디서 오는 것일까. 신의 창조물, 자연이 내게 주는 선물임을 칠십이 넘어서 더 고맙게 다가온다.

풍등에 소원을 실어

인천공항으로 모여들었다. 일 년 전부터 꼼꼼하게 준비한 아들이 앞장서서 출국 수속을 밟았다. 나는 2년 전 처음 떠났던 일본 가족여행의 추억을 떠올리며 들떠 있었다. 남편은 속속 모여드는 혈육들의 상기된 표정을 바라보는 것만으로도 흐뭇한 듯 얼굴에 미소가 떠나지 않았다.

늦은 밤 타이페이 공항에 내렸다. 긴장을 풀고 깊은 호흡을 하고 나니 더운 열기가 훅 올라왔다. 두꺼운 옷을 벗어 들고 지하철로 움직였다. 조금도 머뭇거림 없이 숙소로 안내하는 아들을 보며, 역시 지구촌 시대를 살고 있구나, 하는 생각이 들었다.

다음 날은 타이완국립대학을 찾았다. 그곳도 설 연휴여서 문이 닫혀 있어 아쉬움이 컸다. 그 대학의 상징인 멋진 야자수 길을 손자들과 손을 잡고 걸었다. 대학입시가 멀지 않은 손자들이 이 나라의 석학들을 길러 낸 유서 깊은 이 대학 캠퍼스를 걸으면서 무슨 생각을 했을까 궁금했다. 그 아이들 중 누군가에게 전통 깊은 이 대학에서 배움의 기회가 주어졌으면 얼마나 좋을까, 잠시 생각해 보았다.

　손자들은 내 손잡기 경쟁을 했다. 손자들과 꼭 잡은 손을 통해 전해 오는 색다른 기운들로 가슴이 가득 차오름을 느꼈다. 훌쩍 커 버린 손자들, 올려다보아야 눈맞춤을 할 수 있으니 시간의 덧없음이 새삼스러웠다. 어느새 작아져 버린 할아버지와 할머니. 내 손을 잡고 걸음마를 배우던 아가들이 지금은 우리의 든든한 보호자가 되어 주고 있으니 더 무엇을 바라랴.

　작은 얼굴에 이목구비가 뚜렷하고 수려한 외모에 명랑한 목소리로 분위기를 띄우는 첫손자 준영이, 큰 키에 눈이 크고 사려 깊은 지빈이, 자기 관리가 철저하고 남을 배려할 줄 아는 세심한 손자 수한이, 눈이 크고 흰 피부에 긴 머리를 찰랑대며 오빠들의 사랑을 독차지하는 유일한 손녀 지혜, 사촌들의 무리에 끼어 좋아서 어쩔 줄 모르는 심성이 고운 외둥이 손자 영학이는 작은딸의 유일한 핏줄이다.

타이페이 딘타이펑 본점 앞에 길게 늘어선 줄에 합류했다. 긴 기다림 끝에 자리를 잡으니 여기저기서 안도의 한숨이 새어 나온다. 아들은 꼭 와 보고 싶었던 음식점에서 나의 칠순 기념 식사를 하게 되어 감개무량한 듯 나를 바라보며 고마움을 표현했다.

그 이름난 샤오롱바오가 올라왔다. 만두 그릇은 눈 깜짝할 사이에 비워 버렸다. 배고픔을 참고 기다린 왕성한 식욕의 손자들은 숨을 쉬지 않고 먹었다. 여덟 살까지 입안에 음식을 넣고 삼키지 않아 애를 태우던 손녀까지도. 나도 녀석들의 먹는 모습을 지켜보다가 샤오롱바오를 입에 넣었다. 만두피를 살짝 터뜨려 육즙을 빨다가 아들과 시선이 마주쳤다. 알 수 없는 따스한 온기가 전신을 휘감았다. 아들은 이어서 올라온 새우볶음밥을 먹으며 "우와, 이 맛이야, 이 맛!" 하고 감탄하는 것이 아닌가.

와 보고 싶었던 음식점에서, 꼭 먹고 싶은 요리를 칠순을 맞이한 어머니와 함께 먹게 되어 상기된 아들의 마음을 잠시 들여다볼 수 있었다. 아들과 나의 기억 속에 그 시간은 오래도록 남을 것 같았다. 모처럼 이국 하늘 아래서 나의 혈육들과 함께 맛있는 음식을 먹을 수 있는 시간, 가능하면 오래도록 잡아두고 싶었다.

그런데 호사다마라고 했던가. 화장실로 내려가다 빗물에 젖은 계단에서 '주르륵' 미끄러지고 말았다. 눈에서 번개가 번쩍이며 아찔했다.

"할무니! 조심, 조심! 하나 둘! 하나 둘!"

첫손자의 어깨에 거의 매달려 걸음을 옮겼다. 손자의 구령에 맞춰 아득하게 느껴지는 계단을 마음 졸이며 내려왔다. 이국의 겨울비는 우울한 내 마음을 부채질하듯 하염없이 쏟아졌다.

30년 전부터 골다공증 진단을 받고 '결코 넘어져서는 안된다'고 주문을 외우며 살았다. 꾸준한 운동과 치료약도 복용해 보지만 정상으로 치료되긴 어렵지 싶다.

그래도 불행 중 다행이었다. 통증은 있지만 견딜 만했다. 골반뼈라도 부서지는 심각한 사고였다면 어쩔 뻔했을까. 그래도 먼 타국에서 모두 걱정하는 신세가 되어 버렸으니 속이 많이 상했다. 여행의 감흥은 나락으로 떨어지고 우울감이 밀려왔다. 그나마 위급한 순간에 진심으로 도움을 받을 수 있는 가족이 옆에 있다는 것이 얼마나 큰 힘이 되었는지 모른다.

그저 편히 쉬고 싶은 나의 바람과 기대는 아랑곳하지 않고 장대 빗속을 뚫고 투어버스는 늦은 밤까지 계속 달렸다. 손자들의 도움으로 비 내리는 밤, 산골 야시장 투어에 혼신을 다해 버렸다. 쉬고 싶어도 마땅히 쉴 곳도 없었다. 그래도 가족들은 빗속에서도 대만의 시골 분위기를 흠뻑 즐기는 듯했다.

나의 심신은 서서히 무너져 내리고 있었지만, 아이들은 그들의 세상을 활기차게 살아가고 있었다. 아이들 세 가족은 풍등 재료를 받았다. 가족끼리 똘똘 뭉쳐 커다란 사각 풍등을 만들었다. 풍등에 큰 붓으로 꿈을 썼다. 학업, 진학, 건강, 재물에 대한 소망들이었다. 내 혈육들의 꿈을 실은 풍등이 파란 하늘 위로 바람을 타고 둥둥 높이 떠올랐다. 높게 날아오른 풍등을 오래도록 바라보며 소원을 빌고 있는 나의 꽃들이 그림 같았다.

나도 간절한 마음으로 모두의 꿈이 이루어지기를 빌었다. 멀리 떠오르는 아이들의 풍등을 바라보다가, 문득 내 마음의 풍등에도 45년 동행해 준 남편에 대한 감사와 건강

기원을 써서 날리고 있었다. 유별난 손주 바보인 그이도 혈육들이 날린 풍등을 바라보며 깊은 상념에 잠긴 듯 보였다. 살며시 잡은 그의 손이 참 따뜻했다.

사랑의 고리

　41년 현직에서 내려오고 나니 서울에 있는 어린 손자 손녀가 보고 싶었다. 아이들이 맛있게 먹을 만한 것들을 챙겨 상경했다. 현관 벨을 눌렀다. 기척이 없자 기억해 두었던 번호 키를 눌러 문을 열고 들어섰다. 책가방, 실내화 가방, 학원 가방이 이리저리 뒹굴고 있었다.

　'아이들 물건이 많기도 하구나' 하는 생각을 하며 무심코 방문을 여는 순간, 이게 웬일인가. 침대 위에서 손자가 끙끙 앓고 있었다. 이마를 짚어 보니 열이 펄펄 끓었다. 다크서클이 내려앉은 얼굴에 벌겋게 충혈된 눈을 가늘게 떴다. 가슴이 철렁하며 코끝이 찡해 왔다.

　"할머니, 병원 가야 하는데…."

몸을 제대로 가누지도 못하는 손자를 부축해 서둘러 소아과로 향했다.

"일주일 전에 걸린 감기가 재발한 것 같습니다. 목도 많이 부어 있고 코도 꽉 막혔으니 약 먹이고 이틀 후에 또 보지요."

의사의 처방을 받고 돌아오는 길에도 녀석은 계속 토했다. 힘들어하는 손자를 침대에 눕히고 물수건을 머리에 올려 주었다. 호박죽을 먹인 후 약을 먹였다.

'내가 없었으면….'

텅 빈 집에서 열 살배기가 끙끙 앓다가 겨우 일어나 혼자 병원에 가는 모습, 생각만 해도 가엾고 안쓰러웠다.

열이 오른 아이를 혼자 두고 직장에서 일해야 하는 며느리의 마음은 오죽했을까. 아이에 대한 걱정과 미안함으로 하루 종일 안절부절못했을 것이다. 휴대폰을 손에서 놓지 못하고 전화로 아이를 안심시키고 병원에 가라고 타이르면서 하루 종일 가슴을 졸였을 것이다.

40년의 강물이 흘러도 잊히지 않는 쓰린 기억, 힘들었던 날들, 상흔의 편린들이 되살아날 때면 눈시울이 흐려지곤 한다. 체구도 왜소한 열다섯 살 아기업개가 갓난애를 등에 업고 교문을 들어서는 모습, 한손에는 네 살 어린 사내아이를 혹처럼 달고 오는 모습이 시야에 들어온다. 눈시울이 흐려진다.

쉬는 시간 종소리가 울리면 숙직실로 달려간다. 목청껏 울어대는 아가의 울음소리가 왁자지껄한 아이들의 함성 속에 섞여 교정에 퍼진다. 숙직실 구석에서 가슴을 내어주면 아이는 꼴깍꼴깍 젖을 무섭게 빨아댄다. 숨도 안 쉬고 빨아대던 아이는 언제 울었냐는 듯 이내 만족한 미소를 짓는다. 그 예쁜 모습을 내려다보고 있으면 어느새 눈에선 뜨거운 액체가 아가의 얼굴에 뚝 떨어진다. 출산휴가 한 달을 보내고 출근하려니 아이는 우유를 거부하고 모유만 찾았다.

"이것아, 우유 좀 먹어야지. 그래야 너도 살고 나도 살 수 있단다."

애원해 보지만 아이는 어미의 안타까움을 모른 체했다. 하루에도 몇 번씩 내 교실 속 아이들과 내 품에 어린 것, 이들에 대한 미안함과 죄책감에서 벗어나고 싶었다. 직장과 육아 고민. 일하는 여자로서의 존재감과 엄마로서의 한계를 받아들이는 것이 그때 나에겐 풀 수 없는 매듭이었다. 누구도 대신해 줄 수 없는 인생의 무게가 너무 버거워 체력은 바닥나고 몸은 점점 야위어 갔다. 스스로 만든 줄에 단단히 매달려 있는 거미처럼, 교직은 운명의 동아줄로 묶여 있어 잘라 낼 수 없었다.

초등학교를 갓 졸업한 아기업개에게 아이 둘을 맡겨 놓고 출근하는 대담함. 지금 생각하면 얼마나 무모한 짓이었을까. 아기업개는 너무 힘겨워 오래 버티지 못했다. 셋째가 태어났다. 20대 워킹맘에게 맡겨진 아이 셋. 기쁨보다는 안타까움과 괴로움을 주는 날이 더 많았다.

혼자 떠안은 육아 부담을 도저히 감당할 수 없었다. 하늘이 동아줄을 내려 주셨다. 흔쾌히 내 자식들을 안아 키워 주신 시어머님. 아들 4년, 둘째 딸을 또 4년 길러 주신 시어머님의 사랑. 그때는 당신의 손주들이니 예쁘기만 할 거라고 내 편한 대로 생각했다.

"어머님! 고맙습니다."

고마움의 표현조차 인색했던 참 못난 며느리. 그 노고가 얼마나 크셨을까. 하루하루를 수행하는 마음으로 내 자식들을 키워 주셨음을 세월이 흐른 뒤에야 조금이나마 깨달았다. 이제 강을 건너가신 어머님, 다정한 딸이 되어 드리고 싶어도 어머님은 안 계신다.

교정이 떠나가게 울어대던 고집쟁이는 이제 엄마와 같은 길을 걷고 있다. 딸 역시 세상의 딸들이 짊어진 운명을 지켜 내느라 많은 밤을 하얗게 지새우는 날이 많은 것 같았다.

"결혼이 뭐가 좋다고 황금 같은 스물다섯에 지옥에 들어갔을까. 지금 같으면 결혼 같은 건 절대 안 했을 거야."

둘째인 큰딸이 어느 날인가 할머니에게 어리광부리며 푸념하고 있었다. 유난스런 두 아들의 어미인 둘째는 한숨 횟수가 줄어들 기미를 보이지 않았다. 둘째를 보면서 한 걸음 앞서 겪었던 또 다른 아픔의 피가 역류되어 흘렀다. 다시 돌아가고 싶지 않은 힘들었던 나의 20, 30대. 나의 삶을 판박이처럼 살아내고 있는 며느리와 두 딸을 보면 안쓰럽기만 했다. 동동거리는 그들에게 '이 또한 지나가리라'를 되뇌며 그저 마음속으로 잘 견뎌 주길 기도할 뿐.

놀랍고 신기한 생명력이었다. 온몸이 끓던 녀석이 하룻밤 자고 나더니 아침을 먹고 책가방을 챙겼다. 훌훌 털고 일어나는 손자가 고맙고 대견했다.

"오늘 저녁은 맛있는 동파육 해 줄게. 재미있게 공부

하고 와."

"동파육이 뭔데요?"

너무 맛있어서 먹으면 감기가 싹 나을 거라는 말에 궁금증과 기대에 찬 눈을 반짝였다. 고사리손을 흔들며 현관문을 나서는 손자와 손녀를 보내고 커피 향을 마주하고 앉으니, 꿈이었던 젊은 날의 기억들이 뭉게구름처럼 피어올랐다.

내 아이들을 웃으며 학교 보내고 다정하게 맞는 따뜻한 엄마. 비 오는 날이면 우산을 들고 교문 앞에서 기다리다가, 나를 보고 반갑게 달려오는 아이를 껴안고 함께 우산을 쓰고 집으로 향하고 싶었던 젊은 날의 꿈이 아스라이 밀려온다. 그땐 도저히 이룰 수 없었던 간절한 꿈이 오랜 세월이 흐른 뒤 할머니가 되어서야 그 꿈을 이룬 듯했다.

한 생명이 내게로 와서 나의 사랑과 눈물과 땀과 기도를 먹고 피어난 아름다운 꽃 송이. 그 꽃을 피우기 위해 엄마들은 수많은 어려움을 견디며, 때론 자신의 꿈도 서슴없이 포기하기도 한다.

'어머니'라는 한마디를 듣기 위해 세상의 딸들은 끝없는 헌신을 마다하지 않는다. 또 다른 자신의 따뜻한 심장을 나누어 갖는 특별한 체험, 엄마가 되는 각별한 감정은 이 세상 어떤 체험이나 보람에 비길 수 없는 경이로움을 안겨 주었다. 그래서 세상에 살다간 사랑의 흔적은 시어머니와 며느리, 딸과 엄마, 할머니와 손녀로 사슬처럼 이어져 오늘도 사랑의 고리에 묶인 채 인생이라는 강물이 되어 흐르고 있다.

가보를 아들에게 보내며

　우리 집에도 아끼는 물건이 하나 있다. 10폭 병풍이다. 보관집에 넣어 세워 두었던 병풍을 오랜만에 꺼냈다. 북쪽 방 창가와 벽 앞에 네 폭을 펼쳤다. 겨울의 한기와 베란다의 스산한 분위기를 가려 주었다. 화려한 동양자수 병풍을 펼치고 보니 고적한 방안 분위기에 생기가 넘쳤다. 들며나며 눈길을 붙잡는 병풍 속 생동하는 봄 풍경 자수. 사진 속 남편도 병풍을 보며 흐뭇한 듯 웃고 있었다.

　이 병풍이 우리 집에 온 지 20년도 더 된 것 같다. 앞쪽은 화려한 8폭 민속도 동양자수, 뒤쪽은 10폭 영주십경 7언 20구의 한시 서예작품이다. 이 병풍의 동양자수는 30년 전쯤 남편이 졸업한 제자에게서 선물을 받았다며 안고 왔다. 103×33cm 크기에 민속그림을 굵고 가는 실로 입체감을 살려 수놓은 대작이었다. 한 폭 한 폭 펼치며 나는 입을 다물 수가 없었다. 귀한 선물을 받아 온 남편도 대단해 보였다. 남편은 소중히 보관했고, 가끔 꺼내 천천히 들여다보곤 했다.

제자가 3개월여 밤낮 수틀을 붙잡고 손에 피멍이 맺힐 만큼 정성들여 수놓았다고 한다. 우리 조상들의 삶의 모습을 춘하추동에 따른 자연의 변화, 의식주 풍속을 화려한 색실로 한 땀 한 땀 수놓았다. 색실 한 올마다 조화로운 배색으로 아름다움을 표현했고, 자수 내용도 자연과 교감하며 살아가고자 하는 순박한 조상들의 삶의 모습에 호감이 갔다.

남편은 같은 학교에 근무하게 된 서예가 조용옥 선생님에게 병풍에 넣을 서예작품을 부탁했다. 고맙게도 영주십경 7언 20구의 한시 10폭 병풍 작품을 받는 행운이 왔다. 서예계에서 널리 이름이 알려진 조용옥 선생님과의 인연, 정성들여 써 준 힘 있는 행서체 영주십경 한시 작품. 남편은 두 분과의 특별한 인연을 고마워하며 앞뒤에 놓고 병풍을 표구사에 부탁하였다. 드디어 우리는 150×45cm

10폭 병풍을 갖게 되었다. 그 뿌듯함에 우리 부부는 횡재를 한 듯했다.

귀한 인연으로 우리에게 온 병풍을 대접하고 싶었다. 궁리 끝에 서재 한 벽면에 일자로 때론 기역자로 앞뒤 변화를 주며 펼쳤다. 비록 현대식 아파트였지만 병풍으로 밋밋하던 서재의 품격을 올려 주는 것으로 한몫했다. 연중 몇 차례 조상 기제사와 설차례 날, 병풍을 시원한 거실에 당당하게 펼치면 남편은 만감이 교차하는 눈빛으로 한참 동안 병풍을 어루만지곤 했다. 아파트 구조에서 병풍은 예전 한옥에서의 병풍의 위상에 미치지 못해 아쉬운 생각이 들기도 했다.

남편이 가고 난 후 작은 아파트로 이사했다. 방이 작아 병풍을 세울 만한 공간이 마땅치 않았다. 더구나 현재 작은 아파트에 어울리지 않는 것 같아 병풍집에 넣어 베란다에 세워 두고만 있었다.

애장품도 주인이 가 버리면 외로운 신세가 되는 듯했다. 제자는 스승님의 만수무강을 염원하며 한 땀 한 땀 섬세하게 자수로 새겼으리라. 그러나 스승은 그 마음과 정성을 가슴에 안고 훌쩍 가 버렸으니….

병풍 위로 단아한 모습으로 수를 놓는 남편 제자의 모습이 겹쳐졌다. 그 고운 심성이 고운 색실로 고운 생을 엮어 갈 것이다. 주인은 떠났지만 병풍엔 영주십경의 고상한 서정이 구구절절 힘찬 필력으로 흐르고 있는 것 같다. 그래서 '인생은 짧고 예술은 길다' 한 것을.

남편은 여러 번 지내던 조상들의 제사를 '승조추모일'로 정해 하루에 지내기로 했다. 직장생활을 하는 며느리를 배려해서 고심 끝에 내린 결정이었다. 그리고 7년 전 아들에게 기제사와 명절 차례를 넘겨 주었다. 제사를 넘기면서 당연히 함께 보내야 할 병풍 대신 작은 서예 병풍을 하나 마련해 주었다. 왜 병풍은 보내지 않았을까? 너무 아끼는 물건이어서일까? 아마도 두고두고 더 보고 싶어서였으리라. 그러나 아무리 아끼는 물건이라 한들 본향으로 돌아가면서 두고 갈 수밖에 없는 법.

어찌하랴. 이제는 보내야 할 시기가 되었다. 넘겨 줄 마음을 내고 보니 영주십경 한시 해설이 없었다. 다행히 작품을 써 준 조용옥 서예가에게 사정을 말씀드리고 해설문을 받았다. 영주십경 한시 작자는 미상이지만 서예가의 해설문이 너무 서정적이어서 마음에 들었다. 내 삶의 터,

제주의 아름다움을 노래한 영주십경 해설문은 코팅하여
병풍 뒷면에 붙여 두었다. 손자가 한번 읽어 보기는 할까
생각하면서.

즉看紅雲頭上起
바라보니 붉은 구름 머리 위로 오르고
天門曜色一時開
온 마을 불그스름 새벽 일시에 열리네
海天西析有高峰
하늘바다 서쪽 끝 고봉이 있어
落照蒼蒼畵芙蓉
낙조에 푸르고 푸르니 연꽃 그림이네 (하략)

아들은 병풍을 받으면 좋아할 것이다. 아버지의 의미
있는 흔적을 소중히 모으고 남기려는 마음이 있어 이 병
풍도 소중히 여기리라. 그리고 기제사를 이어갈 손자에게
넘겨 줄 것이다. 이 병풍에 담긴 숨은 스토리도 함께 넘겨
주었으면 좋겠다. 이 병풍이 후손들의 '숭조추모일'을 빛내
줄 우리 집안의 가보로 오래도록 세워졌으면 좋겠다.

베토벤에 빠지다

자연과 내 몸이 하나라는 사실을 요즘 들어 더 많이 공감한다. 몸에 약간의 몸살 기운과 눈자위가 묵직하고 주위 사물이 흐릿해지면 어김없이 비가 내릴 징조다. 나날이 무기력해지는 심신, 자극이 필요할 때 나는 베토벤을 듣는다. 그리고 짙은 커피 한잔을 들고 거실 안락의자에 앉는다.

"빰빠바 바~암!"

장엄한 다섯 개의 음이 고요를 흔든다. 베토벤 교향곡 제5번 운명 제1악장 첫 음절과 합창 교향곡 '환희의 송가', 합창단과 오케스트라의 장엄한 하모니가 무인도처럼 정적이 감도는 집 안을 가득 채운다. 듣다 보면 무기력한 심신이 기지개를 편다. 숭고하고 강인한 선율에 머리가 맑아지고

단전에 힘이 느껴진다.

색소폰 합주반에서 요즘 브람스의 '헝가리 무곡 5번'을 연습하고 있다. 명곡을 지도하는 지휘자는 이 곡은 집시들의 부드러우면서도 열정적인 춤사위와 삶을 표현한 작곡자의 의도를 잘 이해해 주었으면 했다. 부드러운 텅잉과 음을 약하게 쓰윽 끌어당겨 공명을 일으키고, 짧은 음을 더 끊어 경쾌하게 연주할 것을 요구했다. 두 마디마다 빠르고 느린 음의 변화를 잘 살려야 한다며 헝가리 무곡을 많이 들을 것을 주문했다.

지도에 몰입하던 지휘자가 잠시 생각에 잠기더니, 올해는 베토벤 탄신 250주년이라며 베토벤 곡을 한 곡 연주하자고 했다. 어떤 곡을 선곡할지 궁금했다. 베토벤 곡을 색소폰 합주로 연주한다니 미리부터 기대되었다.

얼마 전 우연히 방송 프로그램에서 '누구나 알지만, 그러나 잘 알지 못하는 베토벤'이라는 주제로 서울음대 민은기 교수의 강연에 매료되어 몇 번이나 다시보기를 했다. 강의 진행은 민 교수와 박사과정 피아니스트가 베토벤 곡을 사이사이에 훌륭한 솜씨로 연주를 곁들이며 강의해 시간 가는 줄 몰랐다.

강연 요지는 음악가들이 가장 위대한 음악가로 베토벤을 꼽았고, 음악사를 굳이 나눈다면 베토벤 이전과 이후로 나눌 수 있다고 했다. 민 교수는 베토벤은 자신의 개성을 작품에 담으려고 시도한 최초의 음악가이고, 비로소 음악을 듣기 위해 콘서트홀에 모여들었으며, 음악가가 작곡한 작품에 처음으로 작품번호를 부여한 작곡가라고 한다.

어린 시절 알코올중독자인 아버지와 우울증세가 있는 어머니, 가난한 가정환경에서 당시 모차르트처럼 유명해져 돈벌이를 위해 아버지의 채찍질에 시달리면서도 굽히지 않고 피아노를 연주했다. 우울증이 있었던 어머니가 일찍 돌아가시자, 로마로 탈출해 하이든의 제자가 된 이후 당대 최고의 피아니스트로 명성을 날렸다고 한다.

피아노가 만들어진 초기여서 그의 연주가 얼마나 열정적이었는지 한 번 연주에 피아노 줄이 여섯 번이나 끊어지기도 했다고 한다. 그는 피아노 제작에도 많이 기여했다. 또한 피아노곡의 신약성서라고 하는 '소나타 32곡'을 작곡했는데, 우리나라에서 전곡 완주에 성공한 피아니스트는 지금까지 여섯 명뿐이라고 한다.

28세 음악가에게 닥쳐온 엄청난 시련인 청력 상실은

음악가로서 주목받기 시작할 무렵이어서 그는 음악계에서 외면받을까 두려워 6년 동안 함구하고 있었다. 병을 숨기기 위해 스스로 고립을 자처했던 것이다. 사후 그의 서랍에서 '하일이겐 슈타트 유서'로 밝혀졌다.

> 내 동생 카를과 요한에게
> 남들이 병세를 알아차리게 되지 않을까 무서운 불안에 사로잡힌다.
> (중략)
> 목숨을 끊지 않도록 막은 것은 오직 예술뿐, 사명을 완수하기 전까지 비참한 목숨을 부지하기로 했다.

그의 위대함은 명곡 비창, 월광 소나타를 작곡함으로써 그에게 닥친 위기를 뚫고 그 시기 피아니스트들은 도저히 연주가 불가능한 곡을 시대를 앞서 작곡해 낸 것이다. 절망을 딛고 새로운 길을 가겠다는 다짐을 하며, 교향곡 3번 영웅, 5번 운명, 6번 전원, 우리가 아는 대부분의 곡들이 이 시기에 탄생했으니 역경을 딛고 우뚝 선 것이다.

나는 이 강의를 통해 악성 베토벤에 대한 이해가 깊어져 존경심이 솟았고, 베토벤에 푹 빠졌다. 베토벤 곡이 담긴 CD도 사서 종종 듣고 있다. 그동안 나의 음악 감상 수준은 클래식보다 주로 편안한 가요를 듣곤 했었는데….

'제9번 합창 교향곡 제4악장 환희의 송가'는 위대한 음악가가 생을 마감하며 작곡한 마지막 대작이다. 19세에 쉴러의 시 '환희의 송가'를 만났고, 시 내용을 음악에 담고 싶었던 그는 34년 후 교향곡에 시를 넣어 합창 교향곡을 작곡하였다.

지난 연말 퇴직 후 늘 만나서 함께 색소폰을 연주하는 절친이 제주아트센터에서 열리는 송년음악회에 초대해 주어 객석에 앉았다. 제주특별자치도립교향악단, 제주합창단, 서귀포합창단, 대규모 오케스트라와 성악합창단 연주자들이 베토벤의 절절한 영혼의 절규를 악기와 목소리로 장엄하게 뿜어냈다.

　환희여 아름다운 신의 찬란함이여
　엘리시움의 여인들이여
　우리 모두 황홀감에 취해
　빛이 가득한 성스러운 곳으로 돌아가자

이미 청력 불능과 갖가지 질병으로 인한 건강 악화, 가난으로 힘겹고 어려운 상황에서 평화와 화합을 노래한 숭고하고 아름다운 화음에 가슴이 벅차 눈물이 주르륵 흘러내렸다.

무대 위의 연주자들은 1시간 10분 동안 혼신의 힘을 다 쏟아냈다. 음향 마디마디마다 고통으로 농축된 위대한 예술가의 혼이 솟구치는 것 같아서 숙연했다. 덕분에 '합창 교향곡'을 무대에서 제대로 감상할 수 있는 행운을 흠뻑 누렸다.

머리가 희끗하고 왜소한 남자가 연주자들을 향해 서 있다. 누군가 그를 관객석으로 돌려세웠다. 관객들이 열렬히 환호를 보내는 역사적 장면 앞에 선 베토벤. 자신이 작곡한 곡을 눈과 가슴으로만 들을 수 있었지만, 그 순간 '환희의 송가'는 베토벤이 자신에게 보내는 가장 소중한 선물이었을 것이라 상상하니 다시 두 눈이 부옇게 흐려졌다.

루드비히 반 베토벤에 푹 빠지게 된 흔치 않은 경험이었다. 관객들도 천재 음악가 베토벤을 생각하며 기립박수를 열렬히 오랫동안 보내고 있었다.

제2부 수묵화 속으로 들어가다

지연된 귀환

　퇴직하고 얼마 후 꽃집을 찾았다. 키우고 싶은 화초들을 화분에 심어 베란다로 옮겨 왔다. 거실의 덩굴식물과 베란다의 꽃나무가 집 안을 한결 생기 있게 했다. 한쪽에는 둥근 찻상과 의자도 놓았다. 식물을 가꾸고 차를 마시며 조용히 책을 읽으리라 마음먹었다. 말하자면 여백이 있는 삶을 꿈꿨던 것이다.

　그러나 애초의 다짐과는 다르게 일상에 휘둘리게 되었다. 같은 날 퇴직한 친구와 열공 모드로 변한 것이다. 인생 2막 무대에서 열연을 위해 일주일 내내 정신없이 휘몰아쳤다. 요리강습, 올레걷기, 수필강의, 박물관 도슨트, 색소폰 연습, 게다가 난타동아리 봉사활동까지…. 40여 년 외길 삶에서 벗어나 바라본 세상, 내 삶의 영역으로 잠입해 들어오는 세상의 모든 것들이 봄날인 양 나를 들뜨게 했다.

매혹적인 바깥세상에 정신이 팔려 있는 사이, 베란다의 화초들은 졸지에 찬밥 신세가 되어 버렸다. 어느새 남편이 내 자리를 대신하고 있었다. 남편은 식물 가꾸기에 관심이 없는데도 주인을 잃은 생명들이 가여웠던지 베란다의 화초들을 유기견 돌보듯 보살피고 있었다.

남편은 만리향에 유독 관심을 보였다. 그윽한 꽃 몇 송이 피워 주는 동양란도 좋아했지만, 소박한 토분 속 만리향은 어느 사이 그의 '반려꽃'이 되어 있었다.

"이것 봐, 만리향 꽃봉오리!"

어느 날 남편의 들뜬 목소리가 집 안에 울려 퍼졌다. 그의 사랑에 화답이라도 하듯 다소곳이 꽃을 피웠던 것이다. 짙은 향기와 함께. 베란다의 크고 작은 화분 속에서 화초들은 어느 사이 내 편이 아닌 남편 편이 되어 있었다. 든든한 우군을 얻은 듯 남편은 행복해 보였다.

건강하던 남편은 퇴직 4년 후 병마에 잡히고 말았다. 다행히도 합리적인 남편은 긍정적인 생각, 규칙적인 생활,

현대의학을 믿고 꾸준한 치료로 삶의 끈을 지긋이 잡고 있었다. '당신은 당신의 삶을 살라'며 나와의 동행을 거절하고 혼자 치료를 받으러 다녔다. 네 번의 수술과 스물여덟 번의 항암주사, 스무 번의 방사선 치료. 시시포스처럼 무거운 바윗덩이를 가파른 언덕 위에 올려놓기 위해 견디고 견디었다. 그러기를 6년여, 어느 날 남편에게 담당의사가 말했다.

"이제 더 이상 듣는 약이 없습니다."

그 한마디는 우리를 나락으로 떠밀어 넣었다. 하지만 남편은 '소중한 하루'를 절감한 듯 2년여 평범한 일상을 살았다. 고마웠다. 그러나 어느 순간 걸음걸이가 비틀거리고 발음이 흐릿해지자, 또다시 뇌수술과 방사선 치료에 매달렸지만, 심신의 에너지만 소진되었다. 얼마 후 주치의가 조심스레 남편에게 알렸다. 앞으로 삼 개월쯤 남았다는 사실을. 힘없이 내려앉는 그의 눈빛을 마주할 수 없었다.

"내 시신이 의학도들에게 조금이나마 도움이 될 수 있을까요?"

사전의료의향서에 서명하는 그의 손끝이 떨렸다. 하얀 싸락눈이 병실 창문을 세차게 두드렸다. 마치 누군가를 급히 부르는 듯한 차디찬 겨울 새벽. 몇 시간 후면 달려올 7대 장손의 손도 잡지 못한 채 그는 눈을 감았다. 무엇이 그리 급했을까. 보내지도 않았는데 그는 가 버렸다.

남편의 부재와 동시에 생기를 잃어가는 베란다의 생명들. 만리향 잎줄기는 중환자처럼 넋을 놓고 있었다. 더 이상 그와 함께 보내던 아파트에서 살 수가 없을 것 같아 지난해 가을, 남편이 아끼던 만리향을 안고 작은 아파트로 이사했다. 하지만 봄이 와도 만리향은 새잎도, 꽃도 보여주지 않았다. 남편과 함께 영영 떠나 버린 것이다.

만리향마저 보낸 어느 날, 마스크를 쓰고 오일장으로 향했다. 꽃가게를 이곳저곳 살펴보았다. 은은한 향기가 뇌리에 박힌 만리향. 혹시나 했지만 눈에 띄지 않았다. 한참 찾아 헤매다가 문득 '고인의 애착물은 함께 보내야 한다'는 누군가의 말이 떠올랐다. 그래 보내 주자. 나는 눈을 감았다.

심호흡 몇 번 하고 눈을 비벼보니 내 앞에 앙증맞은 다육이들이 웃고 있었다. 얼른 다육이들을 골랐다. 오종종 작은 생명들이 들어온 베란다는 다육이 마을이 되었다. 지인들이 이사 선물로 준 뱅갈고무나무는 가장자리에서 파수꾼처럼 지켜보고 있다. 큰 키 덕분에 베란다 정원이 훨씬 넓어 보여 좋다.

등받이 없는 의자에 앉으면 정원의 꽃과 나무들이 내뿜는 향내가 내 안으로 스민다. 아들의 합격 축하 소철나무, 등단 축하 공기청정기 산세베리아. 고양 꽃박람회에서 안고 들여온 선인장 화분들, 특별한 인연과 추억을 머금고 도열해 있는 생명들.

아침마다 일어나면 베란다 창문부터 연다. 드립커피를 내린다. 커피 잔을 들고 빈 의자에 앉는다. 깊고 그윽한 커피 향과 신선한 아침 공기가 몽롱한 심신을 깨운다. 창밖은 여명 속에 초록이 성큼 걸어와 있다. 살아 있음을 알리는 새소리도 반갑다. 고요한 어스름이 걷히는 호젓한 시간, 참 좋다.

퇴직하면 집에서 화초들과 벗하며 차를 마시고 책을 읽는 삶을 꿈꿨던 퇴직 당시의 초심. 남편이 떠나지 않았다면 그 갸륵한 초심을 잃고 오늘도 나는 밖으로 나돌았을지 모른다.

늦었지만 귀환했다. 나는 마침내 남편이 남겨놓고 간 삶의 세계로 돌아왔다. 내가 꿈꾸었던 내밀하고 깊은 삶의 세계로. 지금 고요한 내 우주의 작은 정원 안에서 은밀하게 나를 만나고 있다. 가끔 하늘을 쳐다보며 햇살과 바람 속에서 그와 함께했던 세월의 향기를 느끼고 싶다.

숭조추모일을 보내고

서울 아들네서 추모일을 보냈다. 3년 만이다. 제주에서 올라간 큰딸네, 서울의 작은딸네, 오랜만에 손자 손녀 다섯이 다 참석했다. 모두 보게 된 것이 얼마 만인가.

나는 결혼 4년 후부터 40여 년간 기제사와 설 차례를 지냈다. 그런데 남편이 칠순이 되고 병마에 잡히면서 서둘러 아들에게 기제사를 넘겨 주었다. 나는 직장생활하는 며느리에게 바윗덩이를 안겨 주는 것 같아 망설였다. 그러나 남편의 결정에 따르기로 했다.

사실 기제사는 20대 중반이던 나에게 적지 않은 부담이었다. 특히 첫 번째 제수를 준비하며 당황했던 기억이 아직도 또렷하다. 직장에 눈치를 봐 가며 연가를 냈고, 아침부터 떡시루를 안쳤는데 몇 시간이 지나도 익지 않아 발을 동동 굴렀던 기억. 제사 음식 준비에 경험이 없었던 나는 무엇 하나 제대로 할 수 없었다. 어찌할 바를 몰라 쩔쩔 매던 첫 제사, 어떻게 지나갔는지 기억에서 지워져 버렸다.

아들과 며느리는 제사 세 번과 설 명절 한 번을 지내게 되었다. 제물을 혼자서 준비해야 하는 며느리. 수업을 마치고 달려오느라 초조할 며느리가 안타까워서 제주에서 제수를 준비해서 올라가곤 했다.

남편은 일 년에 여러 번 해야 하는 기제사에 신경을 쓰는 아들 며느리가 안타까웠을 것이다. 정작 차려 놓은 제사에 제주 딸네, 아주버님네는 원거리여서 참석이 어려웠다. 주말도 아닌데 자식들, 조카들이 기제사에 참석하는 것이 점점 부담스러워졌다. 남편의 고민이 시작되었다.

남편은 기제사와 유택 관리에 정성을 쏟아왔다. 예로부터 제례를 바꾸면 우환이 생긴다는 속설도 있고. 오랜 전통으로 이어 내려온 제례 문화를 바꾸기가 꽤 어려운 듯 고민하는 눈치였다. 그래도 가까운 친척이 별로 없어 결정하기가 쉽지 않았나 싶다.

7년 전, 드디어 남편은 파격적인 제례 개혁을 결심하였다. 돌아가신 조상들을 기억하고 그리워하며 가족의 뿌리와 의미를 새겨보는 '메모리얼 데이'인 제삿날을 현실적으로 살려 보자는 것이었다. 그렇게 해서 숭조추모일(崇祖追慕日)이 태어났다.

매년 4월 첫 토요일로 정했다. 새 생명이 움트고 봄꽃들이 눈부시게 찾아와 축복해 주는 봄날, 일 년에 딱 하루 토요일, 제수를 준비하는 며느리도 부담이 덜 가고, 무엇보다 성의만 있으면 누구나 부담없이 참석할 수 있는 날로 정했다. 이어지는 다음 날은 일요일이니 친목행사도 가능하다. 멀리 있어도 몇 년에 한 번은 참석이 가능하지 않을까 하는 생각에서였다.

다행히 코로나 거리두기 해제로 3년 만에 모처럼 추모일에 모두 모였다. 거실에 병풍을 세우고, 조모님 한글 위패와 아버님 사진, 두 분 어머님 사진, 5년 전 떠난 남편의 사진을 올려놓았다. 제수 진설은 손자들이 모두 참여하였다. 제례 절차는 기존 형식대로 숙연한 분위기 속에서 이어졌다.

제례를 마무리하면서 손자들에게 증조부모님들이나

할아버지에게 하고 싶은 말 한마디씩 하라고 했더니 좀 쑥스러워하는 것 같았다. 그래도 할아버지에 대한 그리움, 대입, 입영 등에 대한 소회를 의젓하게 고하는 것이 아닌가. 5년 전 서둘러 떠난 남편은 오랫동안 즐겨 입던 청색 점퍼를 입고 사진 속에서 환하게 웃고 있었다.

"오늘 3년 만에 모처럼 가족이 다 모였습니다. 대학 졸업하여 직장인이 된 큰손자 준영이, 대학생인 네 손자 손녀들이 당신 앞에 선 모습이 든든하지요? 아들과 딸들은 불쑥 찾아온 병마를 잘 이겨 내고 있습니다. 사노라 힘들다 푸념하기도 하면서 오늘 모두 당신 앞에 섰습니다. 보기 좋으시지요?"

남편 사진을 바라보며 말하고, 다 함께 절을 올렸다.

드디어 기다리던 음복 시간. 아들과 며느리는 해마다 제물을 조금씩 다르게 준비했다. 남편이 좋아하던 케이크, 손자들이 좋아할 음식들로 진설했다. 산적은 도톰한 통구이로 바뀌었다.

젓가락들이 바쁘게 오갔다. 요리하기를 즐기는 장손과 아들이 쉴 새 없이 맛있는 고기를 구워 내놓았다. 아들네는 먹성 좋은 조카들을 위해 맛있는 음식을 풍족하게 준비했다. 따뜻한 음식을 먹이려고 애쓰는 아들과 장손, 며느리의 마음씀에 가슴이 뭉클했다. 내가 준비해 간 전복 산적도 인기가 있었다.

아들은 와인병을 열어 계속 따라 주었다. 향긋한 와인 향을 음미하면서 천천히 마셨다. 몸 깊숙이 향기가 가득 퍼져 나갔다. 기분이 좋아졌다. 나도 이제 와인 애호가가 되는 게 아닌가. 와인 향기처럼 분위기도 향기롭게 무르익었다. 맛있는 과자를 먹으며 손자들은 감탄사를 연발했다. 뭐니 뭐니 해도 먹는 즐거움이 크지 싶다.

첫 출근한 외손자 준영이의 직장 적응기, 입영 날짜가 정해진 셋째 손자 수한이의 묘한 표정, 보충력 판정으로 수한이의 부러움을 받는 넷째 영학이의 너털웃음, 어엿한 대학생 손녀 지혜가 말없이 가족들을 챙기는 모습. 어느새 모두 성인이 되었다. 대학 입학과 졸업, 제대 기념으로 장기간 떠났던 손자들 배낭여행에서 있었던 에피소드도 끝없이 이어졌다.

손자들이 활기차게 분위기를 주도했다. 전문 셰프처럼 말없이 맛있는 음식을 내놓는 믿음직한 장손 지빈이에 대한 덕담까지 추모일 밤이 깊어 갔다. 뒷정리는 손이 빠른 큰딸이 수고해 주었다. 내일 맛있는 음식점에서 다시 만날 약속을 하고 각자의 숙소로 향했다.

추모일 다음 날 아침 양재천변 벚꽃길로 향했다. 며느리와 큰딸과 셋이서 걸었다. 눈부신 벚꽃길이 끝없이 이어졌다. 사이사이에 존재감을 드러내는 노란 개나리, 연초록 버들잎이 휘늘어진 양재천변. 맑은 물길, 정갈하게 이어진 징검다리, 경쾌한 물소리와 새소리가 음악이 되었다. 구름 한 점 없는 하늘과 따스한 봄볕이 양재천을 더 눈부시게 했다. 극락인 듯 흠뻑 빠져들었다.

돌아오는 길, 꽃눈이 날리는 벚꽃 터널을 걸었다. 앞서 도란거리며 걷는 며느리와 큰딸의 머리 위에 가만가만 떨어지는 꽃눈, 꽃눈이 눈처럼 하얗게 쌓여 갔다. 발목이 시리도록 걸었다. 인증샷을 남기면서,

먼저 간 남편, 고마웠던 아버님, 어머님의 미소 짓는 모습이 보이는 것 같았다. 그분들도 극락왕생하셨으리란 생각이 들었다. 꽃 피는 좋은 계절, 선물까지 덤으로 준 숭조추모일이었다.

나의 어머니 오갑인 여사

어머니는 건강이 안 좋으셨다. 오십 대 후반부터 매년 한두 번 입원하여 며칠씩 치료를 받으셨다. 그럴 때마다 맏이인 나는 아버지와 동생 다섯을 두고 홀연히 떠나 버리시지 않을까 하는 두려움이 밀려오곤 했다.

93세 때 어머니는 침대에서 미끄러져 고관절을 다치셨다. 꼼짝할 수 없게 되자 고령임에도 불구하고 수술대에 오르셨다. 다행히 수술을 잘 견디셨고, 중환자실에서 며칠 후 병실로 옮길 수 있었다.

"어떵 허믄 죽어 지코이?"

비명을 지르며 돌아눕는 어머니의 한마디에 무엇에 찔린 것 같은 통증이 일었다. 다시 괜찮아지실 거라고 위로

했지만, 여러 번의 수술로 삶을 내려놓고 싶은 어머니에게 가 닿지 않는 듯했다. 일생 동안 유독 많은 병마가 어머니를 괴롭혔다.

고혈압으로 인한 안면마비, 유방암 수술, 무릎관절통, 죽고 싶을 만큼 고통스럽다는 안면 3차신경통, 담석증 수술, 고관절 수술 두 번까지 생사를 넘나드는 큰 수술을 다섯 번이나 받으셨다. 신이 어머니의 통증에 대한 인내력을 시험이라도 하는 것 같았다.

어머니는 고관절 수술 후 침대에서 가만 계시지 않았다.

"허리에 무리가 가지 않은 한 두 다리는 조금씩 움직여야 합니다."

의사의 지시대로 쉬지 않고 재활운동을 하시곤 했다. 힘든 병을 스스로 이겨 내는 지혜로움과 끈기가 남달랐다. 그래서인지 오뚝이처럼 일어나 가족들 곁으로 웃으며 돌아오셨다.

우리의 삶은 인과론에 연유한다고 불경에서 말하고 있다. 그렇다면 어머니에게 유난히 자주 찾아온 병고는 어디에서 연유했을까. 스무 살에 빈농의 맏며느리로 시집와 보니 세상은 안개 낀 들판처럼 아득했다고 하셨다. 시아버지께서는 집안을 돌보지 않고 일본에 가서 새로운 농사 기술을 배워 오셨다. 그 뒤로는 제주 전역을 돌며 농사 기술 전수에만 매달렸다는 유별난 애국심의 소유자였다.

아버지는 배울 기회를 놓치고 살 길을 찾아 나서야만 했던 가난한 집안의 장남이었다. 신혼 시절 어머니는 몇 년을 무임금으로 목수 기술을 배우던 아버지를 망연히 바라보며 살아야만 했다. 4·3 광풍으로 몸을 피한 남편을 내놓으라는 경찰, 어머니는 만삭의 몸에 어린 나를 데리고 끌려가 고초를 당했다.

스물여덟 살 아버지는 4·3을 피해 의미 있는 죽음을 선택하겠다며 군에 입대하셨다. 어머니는 무명천에 천 사람이 살아 돌아오기를 빌며 한 땀씩 수를 놓아 글을 새겼다는 '무훈장구 천인요대'를 간절히 기도하며 만들어 아버지의 허리에 채워 주며 전쟁터로 보내셨다.

시어머니를 도와 일 년 내내 밭일을 한 대가로 고작 15kg쯤 되는 '조 서 말'을 받아든 어머니는 자식들의 입에 넣어 줄 턱없이 부족한 일 년 양식을 바라보며 홀로서기를 결심했다고 한다.

두 살 첫아들을 일찍 하늘나라로 보내야 했던 분, 그 아픔을 딛고 3남3녀를 낳아 키워 내셨다. 하루가 다르게 커 가는 자식들, 늘어가는 교육비를 감당하기 위해 어머니는 어떤 수고도 마다하지 않으셨다. 야학에서 익힌 당신만 아는 삐뚤삐뚤한 글씨로 장부를 꼼꼼히 기록하며 장사와 농사일을 하셨다. 허리 펼 날 없는 나날이었지만 불평 한마디 없이 어머니 자리를 지켜 나가셨다. 지독한 근면과 내핍 생활을 하느라 어머니의 건강을 챙기는 일은 사치였지 싶다.

신이 준 에너지를 남김없이 다 쏟아낸 오갑인 보살님. 그로 인해 육신과 영혼의 에너지가 바닥나 병마에 맞설 여력이 없었던 게 아니었을까. 생각하니 가슴 깊숙한 곳이 아릿하게 아파 온다.

어머니는 평생 장사를 하셨는데, 품목 선택을 할 때 다음 세 가지를 기준으로 삼았다.

'남이 안 하는 것, 썩지 않는 것, 없으면 안 되는 것.'

어머니는 창고에 소금과 석유를 쌓아 놓고 파셨다. 사실 김장과 장 담그기가 집집마다 연례행사이던 시절, 가정마다 적지 않은 소금이 있어야 했고, 석유곤로로 요리를 했기에 석유는 필수품이었다. 지금 생각해도 어머니의 장사

품목은 아주 현명한 선택이었다. 그 지혜로움으로 우리 여섯 남매를 끼니 걱정 없이 모두 대학에 보내어 독립적인 사람으로 키워 내셨다.

70대 초반에 습격당한 유방암, 어머니는 수술실로 들어가면서 막내딸에게 말했다.

"지금 죽어도 좋은디 네 큰언니에게는 정말 미안했져."

생사의 갈림길에서 마지막 유언처럼 던진 그 한마디에 왜 그리 눈물이 나던지. 가난의 질곡을 함께 견뎌 온 동병상련일까? '왜 나만?' 했던 원망의 강물은 어머니의 이 한마디에 가슴 깊이 박힌 옹이가 녹아내렸다.

어느새 자식들이 다 출가하여 앞길을 잘 헤쳐 나갔다. 이젠 남은 여생 좀 즐길 만도 하건만 그러시지 않았다. 눈이 오나 비가 오나 아침이면 몇 가지 물건을 내어놓고 해가 질 때까지 자신의 우주인 일터를 지켰다. 마치 그것이 소소한 낙인 듯, 여전히 한 푼 두 푼 더 모아 보려고 애쓰는 칠십 대 후반의 어머니 모습은 늘 짠하기만 했다.

"어머니, 이제 가게문 닫고 친구 집에 놀러 가곡 구경도 댕깁서."

"친구 어디시냐? 뭐 허멍 노느니?"

친구도 갈 곳도 없고 놀 줄도 모른다는 어머니. 심드렁한 대답에 가슴 한끝이 싸하게 저려 왔다. 평생 합리와 균형 추로 여섯 자녀에게 골고루 사랑을 주셨던 어머니. 그분의 지혜롭고 한결같은 성정 덕분에 우리 형제들이 변함없는 우애를 지키고 있다.

자식들을 세우기 위해 힘든 삶을 지혜로 견뎌 내신 어머니. 지독한 병마를 이기며 꿋꿋하게 살아내신 강인하고 지혜로운 어머니의 DNA. 혹시 그 유전자가 내 핏속에 조금이라도 흐르고 있었으면 싶다.

가야 할 곳을 향해 흔들림 없이 걸어가는 주인공의 삶, 그러나 자식들에게 강요하지 않았고 스스로 알아서 살아가도록 바라봐 주셨다. 꼭 필요할 때만 지원해 주셨다.

크고 또렷한 눈매, 훤한 이마, 꼭 담은 입술, 작달막한 키, 완전한 백발, 굵은 손마디와 얼굴에 깊게 패인 주름살 속에서 튼실한 과일이 달린 옥상 정원의 포도나무가 오버랩되었다. 이승을 뜨는 순간까지 따라붙을지 모를 통증, 그보다 자신의 열매들이 살아가는 모습을 바라보는 기쁨이 더 컸으면 하고 소망해 본다. 지혜로우신 어머니는 그러하시리라.

오늘도 어머니는 부들부들 떨리는 두 팔을 보조기에 의지한 채 주방으로 이동한다. 젖 먹던 힘까지 다해 어렵게 식탁에 앉으신다. 그 처절한 모습이 마지막 자존심을 지키기 위해 애쓰는 것만 같아 나는 고개를 돌리고 만다.

며칠간 내린 가을비로 우울해하시는 어머니를 휠체어에 모시고 동네 한 바퀴를 천천히 돌았다. 어머니의 유일한 즐거움이었다. 하늘을 오래도록 올려다보셨다. 얼굴에 미소가 번졌다. 무슨 생각을 하실까. 따스한 가을볕 아래 먼 하늘을 올려다보시는 어머니를 꼭 안아 드렸다. 포근했다. 나를 향한 어머니의 미소가 노란 들국화처럼 고왔다.

* * *

강인하고 지혜로우셨던 어머니 오갑인 여사님, 2018년 장미가 화사한 봄날, 96세 고단한 삶을 내려놓으셨다.

수묵화 속으로 들어가다

거실에 걸려 있는 수묵화 한 점. 우리와 함께한 지 25년여 된 남도(南島) 부현일(夫賢一) 화백의 그림이다. 원경 중앙에 헤엄치는 고래가 꼬리를 살짝 물 위로 내어놓은 듯 작은 섬을 달고 있는 서귀포 앞바다에 떠 있는 문섬. 먹물을 머금은 붓의 활달한 움직임으로 의연한 문섬을 먹빛으로만 그려냈다. 근경에는 거친 곡선으로 생동감 있게 표현한 제주 해안 바위들과 그 밑으로 펼쳐진 소박한 밭들의 모습이 한가롭게 펼쳐져 있다.

좌측 중경에 떠나가는 배 한 척은 어디로 가는 것일까. 먹의 농담만으로 담백하게 표현한 문섬 풍경에 저 떠나가는 배 한 척이 없다면 뭔가 허전할 것 같다. 화백이 앉아서 문섬을 그렸을 그 자리에 꼭 한 번 가 보고 싶었지만 늘 벼르고만 있었다. 찾을 수 있을까?

초봄의 외출. 이른 아침이어서 공기가 상큼하다. 서귀포 버스정류장에 도착하니 50년 지기 S가 나를 향해 반갑게 손을 흔들었다. 4년 반 동안 근무했던 학교와 결혼 후 처음으로 마련해 살던 언덕 위의 작은 집, 그리고 문섬을 가까이 보고 싶었다.

친구도 45년 전 내가 살던 집을 찾아줄 자신이 없었던지, 나의 속마음과는 달리 솜반내 다리 위로 나를 안내했다. 집에서 멀지 않은 동네 빨래터, 어린아이들이 물장구치는 모습과 눈맞춤하며 빨래하던 곳을 찾아보았다. 어디인지 감이 오지 않았다. 가까이 다가가 그 자리에 앉아 물을 만져보고 싶었지만 오늘은 접기로 했다.

바로 이어지는 걸매생태공원 깊숙이 들어가니 매화꽃이 활짝 웃으며 우리를 반겨 주었다. 봄 햇살 아래 방금 터트린 연분홍 매화, 봄은 봄이었다. 매화는 갓 스물 넘은 수줍은 처녀처럼 청초한 자태를 드러내고 있었다. 한 시간 버스 타고 나오면 이렇게 멋진 낙원이 기다리고 있는데, 겨울 내내 곰처럼 웅크리고 집 안에서만 있었다니.

매화나무 앞에서 우린 서로 모델이 되어 주었다. 매화꽃 향기 흠흠 맡으며 꽃그늘에서 오래 머물렀다. 친구의 잔잔한 미소도 꽃처럼 예뻤다. 갑작스레 함께 걷자는 나의 청에 만사 제쳐놓고 달려온 S. 다정다감한 그녀는 욕심을 내려놓고 봉사하며 건강하게 노후를 보내고 있는 듯 보였다.

아들 집에 들어서면 화백이 그려 준 시화 한 점이 시원스레 눈에 들어온다. 고마운 며느리를 위해 쓴 나의 시수필 〈백련 한 송이〉에 시화를 조심스레 부탁드렸다. 아들이 오랜만에 늦깎이로 꿈을 이루었을 때 누구보다 기뻐하며 선뜻 그려 준 시화. 녹색의 농담으로 그린 그림은 아들 가족의 정다운 모습을 정겹게 연꽃으로 그려 우리 집안의 가보(家寶)로 오래 남을 것 같다.

남도 화백의 작품 산수풍경화에 늘 등장하는 작은 배 한 척. 한 줄기 연기를 날리며 물살을 가르고 나아가는 그 배는 언제나 섬에서 출발하여 바다 저쪽으로 나아가고 있다. 화백은 떠나가는 배 한 척은 그림 밖으로 항해하는 동선으로 여백의 공간이 액자 밖으로 넘어서고 있다. 섬과 세계를 연결하는 화가의 이상향을 표현하고자 했다는 누군가의 감상평에 공감이 갔다.

2019년 3월, 제주문화예술재단의 제주원로예술가지원 사업으로 남도 화백의 회고 도록인 《남도 부현일 작품집》 이 발간되었다. 참 다행스러운 일이다. 곳곳에 소장되어 있는 남도 화백의 작품은 고향 제주의 아름다운 해안 풍경을 그린 것으로, 화집으로나마 그분의 작품을 감상할 수 있어서 행복하다.

이제 남도 화백의 작품집을 들고 제주 곳곳의 해안과 작품의 고향을 찾아 순례길을 떠나 보는 건 어떨까. 올여름에는 화백님이 선물해 준 국화 선면화 부채를 꺼내 더위를 식히며, 올곧은 선비처럼 결 고운 그분의 국향을 듬뿍 마시고 싶다.

걸매생태공원을 벗어나 칠십리공원에 들어섰다. 10시 방향으로 작은 문섬이 수줍게 드러났다. 거실 작품 속 문섬 풍경과 실제 문섬을 비교해 보며 걸었다.

나는 너무 쉽게 감격을 하는 게 아닐까? 서귀포의 경치를 한눈에 볼 수 있는 칠십리공원, 거기서 가까이 보이는 잔설이 하얀 한라산 봉우리, 높은 계곡 울울창창한 숲 사이를 포말을 날리며 흘러내리는 천제연폭포의 힘찬 물줄기에 넋을 잃곤 한다.

문섬 작품 설명을 듣고 S는 꼭 찾아주겠다며 새섬으로 가자고 했다. 칠십리공원을 천천히 내려와 언제 보아도 멋스러운 새연교를 건너니 바로 새섬공원이었다. 새섬에 들어서니 문섬이 어느새 바싹 다가와 있었다. 문섬을 바라보며 섬 둘레를 반쯤 돌았을 즈음 눈에 익은 풍경이 펼쳐졌다. 나도 모르게 걸음을 멈췄다.

"우아! 여긴 것 같아. 여기서 저 문섬을 그리신 거야."

호수와 같은 잔잔한 바다. 자리를 잡고 앉아 한참 동안 문섬을 바라보니 가슴이 뭉클했다. 꼭 한 번 와 보고 싶었던 곳, 여기 어디쯤에 이젤을 세웠을까? 그림을 그리는 화가의 모습을 머릿속에 그려 보았다. 이런 제주 해안가를 찾아다니며 보다 생동감 있는 풍경을 화폭에 담고자 현장 사생을 고집하신 분, 제주 해안의 아름다운 산수 풍경을 예술로 승화시키고자 혼신의 힘을 쏟은 그분과의 인연에 감사하는 마음이 가득 차올랐다.

이런저런 생각에 잠겼다가 문득 눈을 들어보니 문섬 앞에 작은 배 한 척이 떠 있었다. 이럴 수가! 놀랍고 신기했다. 그림 속에 등장한 배가 거기 떠 있는 것 같았다. 그림과 현실이 겹쳐지는 순간의 놀라움. 잠시 말을 잃었다. 나는 거실에 걸려 있는 작품 속으로 들어온 것 같았다. 수묵화 속으로 들어와 있었다.

* * *

떠나가는 배

2022년 6월 2일, 남도 선생님은 이상향을 향해 떠났다. 회색 구름이 내려앉은 하늘, 하늘의 눈물이 뚝뚝 한두 방울씩 떨어졌다. 가는 빗속에 그분을 보냈다. 정갈하게 정비된 '국가를 위한 희생, 영원히 잊지 않겠다'는 국립제 주호국원 4·19 유공자 묘역에 편히 영면했다. 제주도 미 협장으로 봉행된 장례식. 마지막 가는 길에 그림을 사랑하는 수많은 제자와 친지, 가족들이 참석하여 한없는 그리움을 가슴에 묻었다. 늘 가고 싶어했던 남도 선생님의 영원한 본향으로, 떠나가는 배에 홀로 몸을 실었다. 부디 영면하소서.

백련 한송이 　지혜정문 선일

이 땅의 인연 찾아
저 별에서 내려온 백련 한 그루
기어이 토실한 꽃대 밀어 올렸다.

심장을 나눈 아이 둘과 만학의 남편
뜨거운 가슴으로 품어 안고
대지처럼 올곧게 버터 낸 세월
지극하신 하늘도 몰래 지켜보다가
어느 날 천둥 같은 단비를 내렸다.

날 마다 해맑은 영혼으로
순수의 풍물을 켜는 백련 한 송이
오늘도 자비의 향기로 세상을 가꾼다.

2015年
南岛 丸曹一高

처음이자 마지막 한마디

정리장 위에 자리한 커다란 액자, 남편이 환갑 때 찍은 하나뿐인 가족사진이다. 사진에는 우리 가족 3대 열세 명이 미소를 짓고 있다. 둘이서 하나가 된 줄기, 거기에서 세 가지로 뻗어 나갔다. 아들네 넷, 큰딸네 넷, 작은딸네 셋의 탐스러운 열매가 달린 튼실한 나무처럼 보였다. 가까운 친척이 거의 없어 외로움을 많이 탔던 사람. 가족에 대한 애정이 유별났던 남편은 혈육들을 바라보는 것이 세상을 살아가는 의미였고 보람이었지 싶다.

사진 속 앳된 모습의 혈육들이 훌쩍 자라 두 손자는 군 복무를 마쳤고, 모두 대학생인 의젓한 성인이 되었다. 갓 핀 홍매화처럼 눈부신 여대생 손녀는 큰 눈에 앙증맞은 귀요미로 제 어미 품에 안겨 있다. 두 번째 가족사진 찍기를 여러 번 시도했으나, 그때마다 한두 명이 빠지게 되면 '다음에' 또 '다음에' 하자며 미루어 왔다. '다음은 오지 않는다'는 것을 알면서도 심각하게 받아들이지 않았다.

남편은 퇴직 4년 후부터 8년간 반갑지 않는 종양 덩어리를 껴안고 살았다. 네 번의 수술, 방사선 치료, 계속되는 항암주사를 맞으며 고맙게도 곁에 있어 주었다. 그러나 어느 순간 주치의가 6개월쯤 남았음을 알려 주었다. 그리고 며칠 후 갑자기 말이 어눌해지고 걸음걸이가 비틀거리기 시작했다. 그러자 의사가 말했다.

"하루를 살아도 말하고 걸어서 혼자 화장실에 가시려면 뇌수술을 해야 합니다."

이제 얼마 남지도 않았는데 그 힘든 뇌수술까지 받아야 하나 하는 문제로 남편은 고민하는 것 같았다. 나는 어찌할 바를 몰랐다. 그는 자신의 삶의 주인으로 살고자 했다. 남의 도움으로 생활하는 것을 거부했던 자립주의자, 존엄하게 삶을 마무리하고 싶어 한 사람이었다.

그는 쉽지 않은 수술에 동의했다. 그리고 힘든 뇌수술을 받고 방사선 치료를 열 번이나 버텨 냈다. 의사의 예상

대로 언어와 팔다리의 움직임은 거의 정상으로 돌아왔다. 다행이었다. 마침 106세 되신 아버님이 요양원에 계셨기 때문에 더 그랬다.

남편은 아버지를 먼저 보내 드리고 싶어 했다. 그의 바람대로 뇌수술 열흘 뒤 아버님이 돌아가셨다. 남편은 의연한 모습으로 아버님 장례를 치렀다. 문상객을 맞이하는 남편 모습에 눈가가 흐려졌다. 그래도 외모가 말기 암환자 같지 않아 문상객들도 남편의 병을 눈치 채지 못하는 듯했다. 그는 소원을 이루었다며 안도했다.

그런데 아버님 보내 드린 후 서서히 식욕이 줄어들고 기력이 속절없이 사위어 가는 듯했다. 영양제를 투여했고, 며칠씩 병원 신세를 지곤 했다.

오래전에 읽은 《모리와 함께한 화요일》이 머리를 스쳤다. 루게릭병을 앓고 서서히 죽음과 가까워지는 모리 교수. 그는 오래전 제자 미치를 만나 화요일마다 인생 마무리 수업을 했다. 그리고 마지막에 어느 추운 일요일 오후 가까운 친구들과 가족들을 초대했다. '살아 있는 장례식'을 하기 위해서. 모리는 '이 세상에서의 삶은 어떠했는가'를 되돌아보고 싶어 했다. 이 책에서 '살아 있는 장례식'이

참 신선했던 기억으로 남아 있다.

우리 가족 열세 명이 다 들어 있는 마지막 가족사진을 찍고 싶었다. 오월의 장미처럼 눈부신 여대생 손녀와 제법 남성의 멋을 풍기는 듬직한 손자들에 둘러싸인 남편의 모습이 담긴 가족사진을. 그리고 오붓이 둘러앉아 '마지막 인사'를 하자고 했다. 남편이 오랜만에 활짝 웃으며 좋아했다.

조금이라도 기력이 있는 날 '마지막 고별식'을 원하는 남편을 위해 2018년 12월 29일 분위기 있는 펜션을 예약했다. 입대한 외손자 준영이만 빠지고 열두 명이 모이기로 했다. 주치의 허락도 받았다. 그때 환자의 외출이 어려우면 호스피스 병동의 한 공간을 내주겠다고 했다. 남편도 그날을 기다리는 것 같았다. 마지막 인사를 어떻게 할까, 이런저런 생각에 빠져들었다.

가족들이 다 모이면 어떤 말로 작별인사를 주고받을지 생각에 잠기기도 했다. 손자 손녀들은 진심을 가득 담아 '할아버지, 사랑해요!'를 외칠 것이고, 자식들은 '아빠! 고마웠어요!' 하고 힘껏 안아 드릴 것이다. 마지막으로 남편은 '너희들이 있어 행복했다' 하면서 행복한 미소를 띠울 것이다.

그런데 나는 마지막 인사를 어떻게 할까, 이런저런 생각을 했다. 언젠가 '가족 초청 송년 색소폰 연주회'에 남편을 초대하고 색소폰을 연주한 적이 있었다. 김현식의 '사랑했어요'를 연주곡으로 정했다. 애교가 부족하다고 많이 아쉬워했던 남편에게 사랑한다는 말 대신 노래 가사로 마음을 전하고 싶었다.

사랑했어요 그땐 몰랐지만
이 마음 다 바쳐서 당신을 사랑했어요.

연주를 마치고 왠지 민망하여 남편의 표정을 살피지도 못했던 기억이 떠오른다. 딸들과 며느리가 "여보!"라고 부르는 것을 보면 듣기 좋고 보기 좋은데, 정작 나는 '여보!' 소리가 왜 그리 쑥스러웠는지 입안에서만 맴돌았다.

결국 남편은 마지막 인사를 받지 못한 채 눈을 감았다. '살아 있는 장례식'을 이틀 앞둔 12월 27일 새벽 4시. 누군가를 부르는 듯 싸락눈이 창문을 두드리는 소릴 들으며 남편은 서둘러 가 버렸다. 전날 아침까지 스스로 화장실을 다녀온 후 갑자기 찾아온 패혈증으로 혼수상태에 빠져들었다. 남편이 그토록 원했던 '존엄한 삶'을 마무리하는 순간이었다.

삶은 미완(未完)의 여정인가. 가족들의 따뜻한 인사말도, 그의 마지막 한마디도 듣지 못했다. 마지막 가족사진도 남기지 못했다.

나는 이제야 늦은 인사말과 함께 생전에 한 번도 불러보지 못한 채 가슴에 담아 두었던 말을 아득히 먼 저 하늘을 향해 불러본다.

"여보! 사랑했어요!"

그림 속으로 빠져들었던 겨울

　벚꽃이 꽃비 되어 내리던 어느 봄날 아침, 조간을 펼쳤다. 이중섭 그림 열두 점이 벚꽃이 환생한 듯 지면에 화사하게 피어나 있었다. 고인이 된 이건희 회장의 소장품 중 이중섭 작품을 제주도에 기증했다는 반가운 소식이었다. 가위를 들고 그림을 스크랩했다. 원화를 보고 싶었다.

　이건희 컬렉션 '70년 만의 서귀포 귀향' 특별전이 열리고 있다는 소식에 얼른 달려가고 싶었지만, 문득 지난 봄 보았던 서귀포 걸매생태공원 매화원의 홍매화가 눈에 어른거려 3월 초 특별전을 인터넷으로 예약해 두었다.

　찬 겨울을 이겨 낸 매화의 향연과, '70년 만의 서귀포 귀향'을 기다리던 날들.

코로나로 집콕한 채 겨울을 나며 이중섭 평전, 장편소설, 주고받은 편지와 그림들, 다큐드라마, 미술관 그림 읽어 주기 등을 찾아 읽고 시청했다. 나도 모르게 이중섭 속으로 깊이 빠져들었다.

어느 방송에서 이중섭 화가의 다큐드라마 '서귀포의 환상'과 '길 떠나는 가족'을 시청하면서 굵은 눈물방울을 계속 훔쳐내곤 했다. 책 읽어 주는 여자가 잔잔한 목소리로 들려주는 '소설 이중섭', 매혹적인 사랑 스토리는 며칠간 나의 귀와 마음을 쏙 훔쳐 갔다.

가끔 미술관을 찾으면서도 작가에 대한 이해 없이 그림만 보았기에 작품이 크게 와 닿지 않았다. 여태껏 화가와 그림에 문외한으로 살아온 것 같아 부끄럽고 후회스러웠다.

드디어 이중섭미술관 마당으로 들어섰다. 현관 왼쪽에는 화가의 동판 초상화 대리석 탑이 있고, 하단에 새겨진 '소의 말' 시를 천천히 읽었다. 간결한 대리석 소 조각품이 파수꾼처럼 화가를 옆에서 지키고 있는 듯 서 있었다. 한참을 바라보다 조각품에서 눈을 들어 오른쪽으로 시선을 돌렸다. 구름 한 점 없이 맑은 하늘 아래 펼쳐진 서귀포 옥빛 바다. 정겹고 아름다운 마을과 멀리 섶섬과 문섬이 평화롭게 떠 있었다.

　전란 시기, 화가가 가장 힘들었을 때 서귀포 이 포구는 그를 포근히 안아 주었고, 이제는 섶섬이 보이는 언덕 위에 그의 미술관이 서귀포 앞바다를 품안에 보듬고 있다.

　전시실에 들어서니 화가에 대한 다양한 서적 50여 권이 가지런히 놓여 있었다. 40세 아까운 나이에 가셨지만 이렇게 많은 국민의 사랑을 받고 있다니 놀라웠다.

　제주에서의 대표작 '섶섬이 보이는 풍경'을 비롯해 유화 6점, 은지화 2점, 수채화 1점, 엽서화 3점 등 원화 12점이 눈높이에 맞게 전시되어 있었다. 관람객들의 눈빛은 진지했고, 나도 그 긴 줄에 서서 천천히 그림을 읽었다.

　이중섭 화가 일생에서 가장 행복했다던 서귀포에서의 삶. 자구리 해안가에서 아이들과 게를 잡으며 예술의 나래를 펼쳤던 천재 화가의 궤적들. 그의 손끝이 직접 닿은 원화들 아닌가. 가슴이 뭉클했다. 작품 속엔 섶섬과 평화로운 마을 풍경, 벌거벗은 아이들, 게, 물고기, 비둘기들이 그림 속에서 자유롭게 유영하고 있었다.

　'물고기와 아이들'에서 벌거벗은 아이들이 물고기를 안고 있는 익살스런 모습, 그림 속 아이들이 물고기와 끈으로 연결되어 있다. 리듬과 율동을 실어 해학적으로 표현한 그림들엔 전란 시절의 혹독함이나 고달픔이 아닌 생명의 신비로움과 사랑, 기쁨이 엿보였다.

'현해탄' 그림 앞에 눈길이 머물렀다. 녹색 바다를 사이에 두고 남덕과 두 아들에게 손을 흔드는 모습을 스케치하고 있는 그림. 그림을 그리며 화가는 가족에 대한 애잔한 그리움에 얼마나 눈물을 흘렸을까 생각하니 내 눈시울도 뜨거워졌다.

한 점 한 점 그림 속에서 울고 웃다 보니 어느새 한 시간이 흘러 미술관을 나왔다. 정겨운 굽은 길을 걸어 들어가니 아담한 초가집이 있다. 네 식구가 어떻게 이 방에서 살았을까. 1.4평의 좁디좁은 방엔 수려한 모습의 화가 사진과 진솔한 마음이 담긴 '소의 말' 자작시가 걸려있다. 순수한 그의 마음이 절절하게 다가왔다.

높고 뚜렷하고
참된 숨결
나려나려 이제 여기에
고웁게 나려

두북두북 쌓이고
철철 넘치소서

삶은 외롭고
서글프고 그리운 것
아름답도다 여기에
맑게 두 눈 열고
가슴 환히
헤치다

　화가의 거주지였던 초가 난간에 몸을 부렸다. 수령이 몇
백 년은 됨직한 우람한 팽나무가 나를 반겨 주는 듯 잎 다
내려놓은 텅 빈 가지를 흔들어 주었다. 이 나무는 화가의
순수한 숨결, 아이들과 게를 잡으며 날리던 웃음소리, 남
덕 여사의 행복한 미소가 두북두북 쌓이고 철철 넘치던
그때를 생생하게 기억하리라.
　이중섭은 소에 미치고, 아이들을 너무 사랑했다. 그의
자화상은 꼭 한 점뿐이라 한다. 아마 소와 아이들이 자신
의 자화상이 아니었을까 싶다.

유학 시절 5년간 아고리(유학 시절 이중섭의 별명. 턱이 긴 이씨)와 마사꼬(한국이름 남덕)의 사랑은 무르익었다. 해방이 되어 중섭을 찾아온 마사꼬는 7년간의 짧은 결혼 생활을 했다. 남덕은 한 여인으로 아고리의 극진한 사랑을 온전히 받은 행복한 여인이었다. 그녀는 중섭의 예술을 꽃피운 에너지였고, 작품 제작의 동기였고, 든든한 정신적 지주였다. 그래서 그의 작품 속에 온전히 사랑으로 묻어나지 않았을까.

"아고리의 생명이요. 오직 하나의 기쁨인 남덕 군, 어서 건강을 되찾아서 우리 네 가족의 아름다운 생활을 시작하기 위해 용감하게 최선을 다해 주기 바라오."(중략)

1957년 1월 7일 중섭

현해탄을 사이에 두고 오고간 수많은 편지들, 그 속엔 절절한 사랑의 언어가 가득했다. 국경과 시대를 넘어선 애절한 연인들이었다. 그들의 사랑은 평전, 소설, 영화 등 다양한 예술 장르로 세상에 소개되었다. 나도 그들의 스토리 속으로 빠져들어 갔다.

시대적 질곡의 희생자, 5년여 가족과 헤어져 무연히 신음하다 홀로 숨을 거둔 병실. 마지막 순간의 비통함은 살아서 빛나지 않았던 많은 예술가들의 죽음과 맥을 같이한 것 같다. 빈곤과 고독으로 40년 짧은 시간을 살다 갔지만, 66년이 지난 지금 그의 작품은 많은 사랑을 받고 있고 오래도록 그러하리라.

순진무구한 예술가, 한 여인에 대한 사랑과 짙게 사무친 그리움, 간절한 부성, 시대적 파동에 대한 저항, 인간애의 울림. 예술가로서 자아 정체성을 찾고자 노력했던 고독한 예술혼은 선과 색으로 작품 곳곳에 현현했다.

예술을 삶보다 우선순위에 두었던 화가가 아니었을까? 이제 그의 그림을 좋아하게 되었고, 그림들이 나에게 조금 가까이 다가온 것 같다.

코로나가 끝날 기미가 보이지 않는 지루한 세 번째 겨울. 그래도 중섭과 남덕, 벌거숭이 태현, 태승과 함께할 수 있어서 기뻤다. 깊은 슬픔에도 눈물이 흐르지 않아 막막했던 나의 눈물샘도 터졌다. 한 예술가와 그의 그림 속으로 빠져들었던 지난겨울은 참 행복했다.

나의 9전 10기

　30년 전 A학교에서 근무할 때 일이다. 교대생들이 교생 실습을 왔다. 실무지도를 위해 강의실에 들어갔다. 한 교생이 질문이 있다며 일어섰다.

　"선생님! 제주 교육계에는 여자 관리직이 몇 분 계십니까?"

　"현재 두 분 정도 계신 걸로 알고 있어요."

　남교사들의 강의를 듣다가 유일하게 여교사인 내 강의가 시작되자, 여교생의 뜻밖의 질문에 나는 잠시 머뭇거렸다. 그 시기 교대 입시에는 남녀 성비가 없었다. 강의실에 모인 교생들은 여자 60명, 남자는 7명뿐이었다. 여교생들에게도 제주 교육계에 여자 관리직의 성비 불균형이 궁금했던 것 같다.

막연하게 "여교사들은 여성의 특수성 때문에 도서벽지 학교 근무점수가 부족하여 승진이 어렵다"고 얼버무렸다.

질문을 받은 이후 선배로서 부끄러운 생각이 들기도 하면서 이런저런 생각에 빠져들었다.

그러나 관심을 갖고 바라본 제주 교육계 승진 시스템은 공정하지 못한 성차별 그 자체였다. 수업지도, 기타 교육 활동의 성과는 남녀 교사가 확연히 차이가 나지 않는데도 근무 평정에서 여교사들은 뒷전으로 밀려났고, 승진은 남교사들의 전유물이 되어 있었다.

또한 도서벽지학교 지원은 자녀 양육과 주부 역할까지 담당해야 하는 여교사는 엄두도 못 내는 것이 현실이었다. 그래서 여교사들이 얻기 어려운 도서벽지 점수. 가정, 사회 곳곳에 만연한 성차별로 학교장들은 여교사를 아예 승진 대상에서 제외시키고 있는 듯했다. 남교사 위주의 승진 성역에 선배 여교사들은 감히 도전할 엄두가 나지 않아 '좁은 문을 두드려 보자'는 꿈을 접은 것 같았다.

여교사들도 공정하게 근무 평정 점수를 받을 수 있다면, 주위에서 이제는 여교사에게도 기회가 주어져야 하지 않느냐는 합리적인 의견을 말하는 분들도 더러 있었다.

고민 끝에 좁은 문을 두드려 보기로 했다. 관리직 승진에서 남녀 성비가 불균형한 현실 문제, 여교사에게도 기회가 공평하게 주어졌으면 한다는 생각을 학교장에게 조심스레 말씀드렸다. 수긍하는 듯 보였다. 그러나 승진자의 점수를 공개하겠다던 학교장은 아무 말이 없었다.

부딪쳐 본 벽은 생각보다 단단했다. 승진 대상자는 역시 학교장의 펜 끝에 달려 있음을 알았다는 것이 소득이라면 소득이었다. 아예 포기할까 고민했다. 그래도 혹시 합리적인 분이 계시지 않을까 한 가닥 희망을 갖고, 학교를 옮기면서 교장에게 그간의 준비와 승진 의지를 소상히 말씀드렸다.

"여교사에게도 기회를 주십시오."

열심히 하라고 했다. 그러나 결과는 역시 마찬가지였다.

다른 객관적 점수는 더 높은데도 학교장의 근무 평정 점수에서 또다시 무너졌다. 도저히 뛰어넘을 수 없는 단단한 벽이었다. 암담했다. 마지막 노력으로 고심 끝에 아슬아슬한 부족 점수를 보태기 위해 도서벽지학교에 관심을 돌렸다. 나이 오십, 아이들이 다 자라 대학을 갔으니 2년

쯤 도서학교에 근무하고도 싶었다. '여교사는 지원하면 우선해서 발령한다'는 인사규정이 있었음에도 남교사들이 길게 줄을 서 있다면서 규정은 있으나마나 했다. 도서벽지 근무 기회도 주어지지 않았다.

그렇게 다시 5년여 세월이 흘렀다. 나는 왜 무모한 도전을 접지 못하고 열릴 기미가 보이지 않는 굳게 닫힌 문을 두드렸을까?

'교직계의 극심한 승진 불균형은 해소되어야 한다. 성차별은 사라져야 한다.'

이 부조리의 벽을 넘어서야 한다는 생각이 떠나지 않았다. 끈질기게 좁은 문을 두드리는 '한 여교사의 무모한 도전'은 제주도 교육계에 이미 소문이 쫙 퍼져 버렸다. 뒤로 물러설 수도 없었다. '간절하면 가 닿으리'라고 했던가.

"문 선생님, 축하합니다! 교감 승진 대상자 명단에 들어 있네요."

"우와~ 정말입니까?"

쉬는 시간 교무실에 들른 내게 교감이 알려 주었다. 그 순간 옆에 서 있던 동학년 교사를 껴안고 펄쩍펄쩍 뛰었던 기억이 난다.

'드디어 내가 해냈어!'

갑자기 내 주위가 환해졌다. 큰 무대에서 혼자 조명을 받고 있는 듯했다. 그 순간 빙빙 돌며 신나게 왈츠를 추고 싶었다. 멋진 발레리나처럼 눈부신 왈츠를.

50대 중반, 하늘도 측은했는지 9전 10기, 승진 대상자에 끼워 주었다. '여교사도 도전한다'는 물꼬를 튼 셈이었다. 서서히 교육계가 변해 갔다.

평교사로 35년 아이들과 교실에서 울고 웃었고, 교감 4년, 교장 2년 반 관리직을 끝으로 41년 반의 길고 긴 교직에서 내려왔다.

양성 평등은 내 삶의 화두였던 것 같다. 어려운 시절 만딸로 태어나 남아선호사상으로 중학교 졸업으로 주저앉을 뻔한 고비를 겨우 넘기고, 10대 가출소녀가 되어 친구 집에 숨어 대학 입학시험을 치르고 교대에 합격했던 기억, 고비마다 남녀 불평등 앞에서 아파했던 상흔들. 꽉 박힌 가슴속 옹이가 뿜어 낸 무모한 용트림이었지 싶다. 승진은 남자의 성역이나 다름없었던 그때, 내 몸속 어디에서 그런 끈질긴 도전과 용기가 솟아났는지 지금 생각해도 기특하다.

승진에 관심을 가지기 시작했던 30년 전과 지금 교육계는 많이 변했다. 2008년 1월 호주제 폐지 민법 개정으로 여권이 달라진 점도 한몫했지 싶다. 이제는 관리직, 전문직에 도전하는 여교사들이 늘었고, 많은 여교사들이 자연스럽게 승진하고 있다. 성차별은 거의 사라지고 여교사들의 자아실현 의지는 한층 높아졌다. 누구든지 원하면 전문직, 관리직에서 자신의 꿈을 펼칠 수 있는 성차별 없는 제주 교육계가 된 듯하다. 격세지감이다!

"형님! 유리 천장을 뚫고 이루어 낸 결과로 공정과 정의의 물꼬가 된 형님의 입지전이 감동이네요."

둘째 올케 전미숙 선생이 '나의 9전 10기 승진 도전기'를 귀 기울여 듣더니 한마디했다. 쑥스럽고 어색했지만, 그때 용기를 냈던 나 자신을 토닥여 주고 싶다.

꿈을 가져본 적이 있는가. 우연히 발을 내디딘 길, 그리고 오래 버텼던 시간들. "내가 가는 이 길이 뒤에 오는 사람들의 이정표가 되리라" 했던 누군가의 말이 나를 세워 주었다. 당연한 듯한 성차별, 그 부조리의 벽을 넘어서기 위해 버둥거리며 좁을 문을 두드렸던 그날들이 이제 와 나를 미소 짓게 한다.

퇴직하고 제일 잘한 일

　퇴직하고 제일 먼저 하고 싶은 일은 올레 걷기였다. 국토 종단은 못해도 제주 사람으로 제주도를 한 바퀴 돌며 내 발자국을 찍고 싶었다. 닫혀 있던 새장 문이 활짝 열리고 세상 밖으로 튕겨 나온 세 여자는 곧바로 올레길 위에 섰다. 그 즈음 '제주올레걷기'가 새로운 문화코드로 세간의 관심과 사랑을 받기 시작하고 있었다.

　매주 화요일은 올레길 걷는 날. 이른 아침 길동무 셋은 제주시외버스터미널 동회선 시외버스 앞에서 하이 파이브를 날렸다. 기대와 호기심으로 발그레한 그녀들의 얼굴. 날씨조차 구름 한 점 없는 투명한 초가을 어느 날 올레길 대장정의 출발점인 성산읍 시흥초등학교 앞에 섰다. 올레

1코스 표지석 앞에 서니 가슴이 두근거렸다.

말미오름으로 첫 걸음을 내딛었다. 단숨에 오름을 오르니 눈앞에 펼쳐진 풍광에 길동무들 입에서 탄성이 흘러나왔다.

"우와~ 멋지다!"

한폭의 풍경화가 눈에 가득 들어왔다. 성산일출봉과 우도가 그림처럼 바다 위에 떠 있다. 바다와 하늘이 만나 정답게 누워 있는 평화로운 수평선. 시선을 돌리니 발아래 색색의 조각보처럼 밭들이 이어져 있다. 알록달록한 크레파스로 색칠한 농가들이 마치 동화 속 이야기에 나오는 마을처럼 예뻤다. 오래 머물고 싶었지만 15km의 짧지 않은 거리가 머릿속에 떠올랐다. 아쉬움을 남긴 채 말미오름을 내려왔다.

다시 이어지는 알오름 들길엔 누렁소들이 한가롭게 누워 있고, 말들이 풀을 뜯고 있었다. 조붓한 비탈길이 구불구불 이어졌다. 쇠똥 냄새와 야생화의 향기가 코끝에 감겨 왔다. 오름 능선과 골짜기는 농민들의 삶과 잘 어우러져 있었다. 얼마 전 올레걷기 첫 감흥이 새록새록 떠올라 동생들과 다시 말미오름 정상에 서 보기도 했다. 이곳을 올레 시작점으로 정한 것이 최선인 것 같았다.

오름들, 제주엔 오름이 압권이다. 봉곳이 솟은 오름에서 흘러내린 골골이 숨골. 곶자왈에서는 천년의 싱그러운 숨소리가 뿜어져 나왔다. 가지가지 얽힌 전설 속의 오름들. 가파르지도 험하지도 않은 오름을 오르내리면서 몸도 마음도 가벼워지고 여유로워졌다. 제주에 오름이 없다면 속이 빠진 송편처럼 밍밍할 것 같다.

목덜미를 간질이는 해풍과 한여름같이 따가운 햇볕을 받으며 시원한 바다를 옆구리에 끼고 걸었다. 옥빛 바다 위의 섬, 섬. 섬들이 정겹게 다가왔다. 올레 9코스에 있는 형제섬과 편안하게 누운 용머리, 사계리 해안에서 화순해수욕장까지 펼쳐지는 해안 경치, 세상 어디에서 이런 절경을 다시 볼 수 있을까. 입이 다물어지지 않았다. 걷다 보면 거뭇거뭇한 갯바위 너머 물질하는 해녀들의 숨비 소리가 들려온다.

'물속에서 목숨 걸고 번 돈, 뭍에서 자식 위해 다 쓴다.'

제주 여인의 강인함에 눈시울이 붉어진다.

제주의 늦가을은 억새꽃 천지다. 바람결 따라 눕는가 하면 다시 일어나는 은백색 물결은 세 여인의 마음을 헤집어

놓았다. 가을 들판을 걸으며 가슴 시린 이야기 한 자락 허공을 향해 날리면 억새꽃도 억억 울어 주는 것 같았다.

제주의 올레를 걷노라면 간결 소박한 정낭은 보이지 않고 대신 빛바랜 나무 대문, 그 안에 농가의 빨간 슬레이트 지붕을 에워싼 이끼 낀 돌담. 그 돌 구멍 사이로 잎 다 내려놓은 누런 줄기가 늙은 호박을 덩그마니 매달고 시골집을 지키고 있는 모습. 구멍 숭숭 돌담 안 우영밭에 떡 버티고 있는 감나무에 영글어 가는 다홍색 감을 보며 군침 흘리며 걸었다.

어느새 15km 넘는 거리를 거뜬히 완주하고 코스 종점에서 버스에 올랐다. 심호흡을 하며 고마운 다리를 어루만졌다. 평화로운 오름과 옥빛 바다와 기기묘묘한 해안가를 끼고 살을 비비며 살아가는 순박한 제주 사람들의 삶이 아릿하고 때론 감동으로 가슴 뭉클해지곤 했다.

그러나 사람 마음, 세 여인의 보폭은 조금씩 달랐다. 때론 마음의 온도 차가 벌어져 예민한 친구의 걸음이 빨라지면 황급히 따라가 달래곤 했다. 우린 어느새 '하하, 호호' 거리고 있었다. 마음 수행에 자연은 마술사 같았다. 자연의 순수함에 취해 걷다 보면 어느새 배꼽시계가 신호를 보낸다. 숲속 잔디밭을 찾아 준비해 간 도시락을 꺼내 서로의 반찬을 맛보는 별미를 즐겼다. 오랜 목마름 후에 마시는 믹스커피 한 잔 맛을 어디에 비할까.

가슴 떨렸던 사랑의 추억과 해후의 설렘, 넘어지려는 남편을 일으켜 세운 지고지순한 반려의 내조, 출생의 운명적 억울함을 쏟아내어 위로받고 싶어 하는 맏딸의 하소연은 끝날 줄 모르고 이어졌다. 그러나 세 여자의 입에서 일생을 온전히 담갔던 40여 년간 교직의 추억은 누구도 한마디 꺼내지 않았다. 왜 그랬을까? 지루했던 긴 여정을 몇 마디로 끄집어 낼 수 없어서, 아니 빨리 잊고 또 다른 삶을 찾고 싶어서….

걷다 보니 가을이 물러나고 펄펄 날리는 흰 눈을 맞으며 걷고 있었다. 춥지 않았다. 발바닥에서 올라오는 체온이 온몸을 휘감아 등에 땀이 났다. 제주 속살을 조근조근 만지면서 시시각각 변해 가는 날씨, 하늘과 바다의 빛깔, 풀꽃들의 향기, 돌담 밖으로 비죽이 내민 노란 감귤빛처럼 제주 사람들의 조화롭고 순박한 삶의 모습이 감동으로 울컥울컥 다가왔다.

올레 15코스는 내 고향 한림과 고내올레 시작점인 한림

항구다. 그곳도 50년 세월을 비켜 가지 못해 변화가 낯설었다. 눈이 시리도록 바라보던 비양도는 내게 그리움의 성지였다. 옥빛 바다 위에 의연히 떠 있는 비양도를 바라보니 너무 반가워 눈가가 촉촉해 왔다. 안개라도 낀 날 아련한 섬의 실루엣은 그리운 이들을 불러왔고, 어딘가로 막연히 떠나고 싶어 자주 앉아 있던 방파제는 어디로 사라졌을까?

자연의 변화에 따라 내 마음도 변했다. 메말랐다고 생각했던 감성이 스멀스멀 올라왔다. 자연 속에서 자연의 일부로 녹아들어갔다. 눈 오는 날 눈꽃을 맞으며, 비 오는 날은 비를 맞으며 걸었다. 해변 자갈돌을 밟으며 균형을 잡기 위해 비틀거리며 숨죽였던 나약한 나. 담장 너머 뻗어 있는 노란 귤을 슬쩍하고 싶은 충동, 오름 능선에 내 삶의 희로애락의 파노라마가 오버랩되며 숙연해졌다. 삶의 뒤안길을 찬찬히 들여다보았다.

한 서린 땅 제주, 동북아 해상의 중심지인 제주. 그러나 변방으로 살아야 했던 서러움과 아픈 사연들이 곳곳에 얼룩져 있다. 유배인들의 한 서린 숨결, 몽골의 말발굽에 패인 자국, 죽창에 서로 죽임을 당해야 했던 4·3의 아픔이 아직도 통곡하고 있다. 일본 제국주의의 망령에 파괴된 오름과 숭숭 뚫린 동굴이 속절없이 당한 세월을 말해 주고 있다. 끝없이 이어진 외침으로 얼룩진 한과 아픔의 땅, 거센 바람에 맞서야 하는 척박한 땅, 직접 겪은 조상들은 무서운 가난과 고통을 참으며 힘겨운 삶을 어찌 견디었을지…. 조상들의 고되고 굴곡진 흔적이 지워지기엔 앞으로도 많은 세월이 흘러야 할 것 같다.

그러나 제주의 오름, 들, 바다는 묵언 수행 중이다. 자연은 우릴 보고 한과 아픔은 다 잊고 아름답고 넉넉한 품에 안겨 그냥 무심히 살라고 하는 것 같다.

돌아보니 40년 세월도 순간이었다. 콘크리트 20평 공간에서 개구쟁이들과 지지고 볶으면서 참 오래 살았는데, 어느새 아련한 추억인 양 아득하다. 삶의 그루터기에 부대끼면서 상처 받았을 인연들에게 뒤늦은 속죄를 하고 싶다. 마음 한구석에 자리한 부끄러움을 너그러운 자연에게 툭 털어냈다.

올레 걷기, 경건한 여정을 마무리했다. 낡고 빛바랜 영혼이나마 찾고 싶어 어디론가 무작정 떠나고 싶었던 막연한 욕망이 잦아들었다. 짜릿한 희열의 잔고가 통장에 차곡

차곡 쌓인 길 위의 시간. 새로운 내 자리로 온 것 같았다.

　이제는 여여한 제주의 자연처럼 흔들리지 않으리라. 두 번째 완주를 내딛고 싶었지만, 무릎을 아껴야 할 것 같아 욕심을 내려놓기로 했다. 퇴직하고 처음 도전한 제주올레 20코스 걷기 완주, 내 삶의 터전 제주가 더 깊게 내 안으로 들어왔다. 올레길은 나에게 희망과 치유와 우정을 선물해 주었다. 퇴직하고 제일 잘한 일 같다.

일흔다섯에 유럽 버스킹을 꿈꾸다

코로나19 팬데믹으로 평범한 일상이 헝클어졌다. 눈에 보이지도 않는 바이러스로 맥없이 무너진 지 3년. 마스크, 확진자, 거리두기가 화두가 되어 버린 시간, 복지관에서 즐겁게 참여하던 색소폰 강좌마저 없어졌다. 처음엔 견딜 만하던 집콕의 시간도 어느 사이 지루하기만 했다.

주위를 두리번거리다 찾아낸 지인의 음악실. 제주 시내 남쪽 해안동 마을이었다. 한라산 쪽으로 20여 분, 친구 차를 타고 구불구불 좁은 농로를 따라 오르다 보니 돌담에 둘러싸인 정겨운 밭들, 간간이 비닐하우스와 컨테이너 박스, 초록 숲과 바위들이 평화롭게 다가왔다.

다다른 곳은 언덕 위에 잡초들이 무성하고 군데군데 크낙한 바위들과 하늘을 찌를 듯한 소나무들 사이에 15평 남짓한 컨테이너 하우스였다. 음악을 좋아하는 지인의 세컨드 하우스를 겸한 음악실, 사람의 손이 미치지 않은 자갈투성이 임야였다. 신선한 공기에 가슴이 탁 트였다. 컨테이너 하우스에는 화장실, 주방시설도 있었다.

"여기야, 우리가 접수할까?"

친구 K와 하이 파이브를 날렸다.

사람들이 모여들었다. 모두 현역에서 은퇴한 분들이다. 우리는 그 집을 '해안아트홀'이라 부르기로 했다. 점심 식사 후 나른한 오후, 주 2회 학교 가는 학생들처럼 악기 가방을 싣고 달려갔다. 가방 속에서 깊은 잠을 자던 색소폰이 활짝 기지개를 켰다. 이곳에 오면 신선이 된 듯 영혼이 맑아지는 것 같았다.

어느덧 2년이 흘렀다. 인원이 늘어나면서 아트홀도 차츰 넓혀 갔다. 연습에 필요한 반주기, 앰프, 보면대, 모니터 등이 하나둘 자리를 잡았다. 봄이 되니 넓은 땅 한 모퉁이를 일구어 채소 모종을 심었다. 땀 흘리며 며칠간 뚝딱 닭장을 만들더니, 병아리 이십여 마리가 어느 사이 청계 유기농 계란을 안겨 주었다. 칠면조도 일곱 마리로 불었다.

파수꾼 진구와 백구도 이곳을 지켜 주었다. 우리의 숨통을 틔워 준 곳, 함께할 공간을 선뜻 내어 준 장창덕 사장님의 넓고 훈훈한 마음씨 덕분이다.

저녁노을 같은 '우아미색소폰앙상블동호회' 회원 열두 분. 평균연령 74세다. 고대 철학자 소포클레스의 '나이 들어 우정이 최고의 지혜'라는 말처럼, 남은 여정을 '우아하고 아름답게 나누며 살자'며 뜻을 모았다.

텃밭을 가꾸고 가축들을 돌보며 음악실을 관리하는 것이 만만한 일은 아닌 것 같다. 소소한 갈등도 없지 않았지만 오케스트라가 아름다운 화음을 이루듯 모두 제 집처럼 가꾸고 돌보니 온기가 흐르는 곳이 되었다. 해녀들이 물질하다 잠시 쉬는 불턱처럼 우리도 지겨운 일상에서 나와 잠시 쉬는 쉼터가 아닌가 싶다.

이곳에 정갈하고 따뜻한 마음씨를 가진 분이 계신다. 인근에 사시는 박춘규 회장님이다. 회장님 내외분은 매일 아침 아트홀을 말끔히 정리하고, 진구와 백구, 청계 스물다섯 마리. 칠면조 일곱 마리 먹이를 챙겨 주신다. 회장님네 발걸음 소리를 반기는 텃밭의 고구마, 토마토, 상추, 고추, 가지, 깻잎들도 싱싱한 잎과 열매로 화답해 주었다.

아트홀을 아끼고 친자식같이 생명들에게 몸과 마음을 내어 주는 자비로움에 저절로 고개가 숙여진다.

일주일에 두 번, 모두가 기다리는 저녁 식사 시간. 여성 회원들이 능숙한 솜씨로 음식을 차려 낸다. 맛보기 어려운 청계란, 유기농 야채의 진한 맛과 향기는 우리의 식욕을 돋워 준다. 한마디씩 덕담을 나누는 오붓한 식사는 소울(soul) 푸드다. 얼마 전에는 칠면조 고기를 처음 먹었다.

이곳엔 음악이 있어 즐겁다. 자연 속에서 평온을 찾은 우아미님들은 음악으로 하모니를 만들어 나간다. 색소폰 합주는 알토1, 알토2, 테너 3부로 나누어 연습한다. 제 소리를 남의 소리와 맞춰 집중하다 보면 잡념은 사라지고 아름답게 들릴 때는 뿌듯해지곤 한다. 하모니카도 함께 불고, 합주를 살리는 드럼을 익히는 회원도 열성적이다. 봄 햇살 같은 리더십으로 우아미앙상블을 이끄는 나의 단짝 고복희 악장의 지도력과 열정은 대단했다.

거리두기가 느슨해져 대면 연주가 가능해졌다. 3년 만에 경로당, 주간보호센터 위문공연, 관광지 길거리 버스킹 등으로 어르신들을 만날 수 있다. 비대면으로 가족들도 못 만나던 어르신들은 오랜만에 찾아간 우리를 반겨 주었다. 야외 거리두기가 풀리면서 불교방생법회, 용연음악제, 제1회 청소년 트롯경연대회 찬조 연주 등 굵직한 지역 축제에 초대받아 무대에 섰다. 지난 9월 마지막 토요일에는 오전에 서귀포 자구리공원 불교방생법회 행사, 오후엔 제주시 용연음악제 출연 등 빡빡한 일정으로 차를 타고 바쁘게 이동했다.

"야! 오늘은 우리가 연예인이 된 것 같네."

누군가의 들뜬 한마디에 모두들 '아이돌 스타'라도 된 듯 환한 미소에 피곤한 기색은 전혀 없었다.

우리는 꿈꾸고 있다. 내년 9월, 유럽 5개국 버스킹을. 유럽의 고풍스런 광장 한모퉁이에서 노년의 머리카락을 휘날리며 뿜어내는 색소폰 연주, 울려 퍼지는 아리랑에 가슴 뭉클하리라. 아이돌처럼 한국 노인들의 우아미를 맘껏 뽐내고 싶다.

촘촘한 계획과 경비도 마련해 두었다. 체력 다지기가 우선이고, 감동을 주기 위한 멋진 합주곡을 연습해야 할 것 같다. 세계인들과 음악으로 하나 되는 모습을 상상하니 가슴이 설렌다. 어쩌면 내 삶의 황금기에 멋진 저녁노을이 될지도 모르는 버스킹 생각만 해도 내 얼굴에 미소가 번진다. 여행은 떠나기 전이 더 행복하다 하지 않던가.

언덕 위 울창한 소나무 숲속 작은 집 해안아트홀. 저물어가는 가을 저녁, 멋스러운 소나무들의 실루엣, 그 뒤로 멀리 그윽하게 누워 있는 수평선. 황금빛 보라와 자주와 잿빛으로 변하는 눈부신 노을의 조화는 한 폭의 수채화 같다.

솔 내음 품은 초저녁 가을바람이 인다. 한 줄기 바람이 저녁노을 풍광을 싣고 음악실로 쏟아져 들어온다. 아트홀에서 은은하게 울려 퍼지는 색소폰의 '저녁노을 행진곡'의 하모니 속으로.

실버들의 일본 버스킹

제주공항에 모였다. 마치 수학여행을 가는 학생들처럼 기쁨과 기대에 찬 열두 명의 우아미앙상블 단원들. 3년 반 만에 유럽에서 일본 버스킹으로 변경되긴 했지만 우리의 꿈이 이루어지는 순간이었다.

코로나19로 밀려나 버린 제주도노인복지관 색소폰 강좌. 다시 복지관에 들어갈 날을 손꼽아 기다리며 집콕으로 우울감이 짙어질 무렵, 우리는 숨 쉴 수 있는 곳을 찾아야 했다. 청아한 새소리와 솔바람 소리, 저녁이면 붉은 빛 고운 낙조를 바라보며 소나무 숲속 작은 음악실 해안 아트홀에서 시원한 색소폰 소리로 시름과 외로움을 달랠 수 있었다. 갇힌 자들의 탈출 욕구였을까? 우리는 유럽 버스킹을 꿈꾸며 한마음이 되어 신났고, 즐거웠다.

저녁 6시 동경 나리타 공항에 내린 우리는 나리타게이 트웨이 호텔에 여장을 풀었다. 단원 중 일본에 오래 거주했고 버스킹 경험이 많은 주선태 선생님이 가이드가 되어 운전까지 해 주셨다.

다음 날 아침 우리의 첫 번째 목적지인 주 선생님 댁이 있는 야마가타로 이동하기로 했다. 14인승 승합차에 캐리어와 선물상자, 앰프와 반주기, 악기와 보면대 등을 싣고 나니 단원들은 꼼짝할 수 없는 것은 물론 숨조차 쉴 수 없을 정도였다. 그러나 누구도 불평 한마디 내비치지 않았다.

그런데 사고는 예고없이 일어났다. 야마가타를 향해 5시간 넘게 달려야 할 승합차가 2시간 만에 멈춰 서는 게 아닌가. 가솔린차에 경유를 주입하는 실수로 차는 5미터도 못 가 꿈쩍도 하지 않자 단원들 얼굴엔 당황하는 기색이 역력했다. 주 선생님이 승합차를 다시 렌트하러 갔다. 언제쯤 돌아올까, 막연한 불안감이 밀려왔다.

기다리는 동안 단원들은 주유소 옆 너른 공터에서 음향 기자재들과 악기들을 점검했다. 앞으로 있을 버스킹에 대비한 총 리허설이 시작되었다. 청아하고 아름다운 오카리나 독주, 웅장한 아리랑 색소폰 합주가 울려 퍼졌다. 주유소 고객과 주변 식당가의 몇몇 손님이 관객이 되어 주었다. 5시간 만에 도착한 승합차를 보자 단원들은 안도의 한숨을 내쉬었다.

그런데 이게 웬일인가. 달리던 승합차가 또 멈춰 섰다. 터널 안에서 교통사고가 났고, 다행히 우리 차는 터널 입구에 있어 또 한 번 가슴을 쓸어내렸다. 사고가 처리되었는지 한참 후 무사히 터널을 통과했지만, 이어지는 터널을 지날 때마다 긴장되었다. 야마가타의 첫 번째 버스킹 장소인 요네자와역 광장에 도착한 우리는 단체복인 시원한 무늬 남방에 청바지, 하얀 중절모자로 의상을 갖춰 입었다.

'대한민국 제주에서 온 우아미색소폰앙상블 공연단'

한국어, 일어, 영어 3개 국어로 쓴 대형 현수막을 내걸었다. 연주 A팀이 공연 순서대로 오카리나, 하모니카, 소금(小笒), 색소폰을 신나게 연주했다. 인적이 드문 시골 역. 종종걸음으로 지나가는 행인들, 그래도 몇몇이 관객이 되어 주었다. '사치코'라는 유명한 일본 가요를 우리 팀 가수 지은 씨가 화려한 의상을 입고 구성지게 뽑았다.

쿠라이 사카바노 카타스미데

(어두운 술집 한쪽 구석에서)

오레와 오마에오 맛데이루노사

(나는 너를 기다리고 있네)

사치코 사치코 오마레노 쿠로카미

(사치코 사치코 너의 검은 머리카락)

오레와 이마데모 오마에노 나마에오

(나는 지금도 너의 이름을 불렀어)

첫 번째 버스킹은 기대에 못 미쳤지만 스스로 즐긴 시간이었다.

주 선생님 댁이 있는 고리야마에 들어서자 유황 냄새가 진하게 풍겨오고, 동네 곳곳에서 수증기가 피어오르고 있었다. 아담한 펜션에 피곤한 몸을 내려놓았다. 다음 날 새벽 남자들은 자오산 산행, 여자들은 느긋하게 온천욕을 즐겼다. 나는 전날 밤 일출을 보겠다는 다짐을 접고 조용한 고리야마 마을을 여유롭게 산책했다. 인적은 드물고, 수증기 모락모락 피어오르는 맑은 온천물 소리, 곳곳에 있는 족욕 시설, 며칠간 무심히 머물고 싶은 곳이었다.

야마가타 시청 관광부가 추천해 준 키즈 영어유치원 원아들과 교사들 앞에서 준비한 우리 동요와 일본 동요를 부르고 오카리나, 하모니카, 소금 독주, 색소폰 합주가 이어졌다. 주의 집중력이 짧은 원아들이어서 서둘러 연주를 접었다.

　점심 식사 후엔 시청의 허가를 받은 야마가타 중심지, 행인들이 많은 역 옆에 버스킹 자리를 잡았다. 도심 속이라 마이크 사용은 허락되지 않아 아쉬움이 컸지만, 선물을 쌓아놓고 방명록도 준비했다. 초록 티셔츠에 청바지, 흰 모자를 쓰고 공연이 시작되었다. 우린 아리랑 합주로 관객의 시선을 끌기로 했다. 나도 보라색 쾌자를 덧입고 '봄날은 간다'를 연주했다. 곡 전주에서는 서툰 춤까지 추면서 분위기를 띄워 보았다.

　일본 버스킹은 낭만적인 생각이었지 싶었다. 우리 민족과는 대조적인 조용하고 흥이 없는 듯한 일본인들. 단원들의 어깨가 처져 가는 듯 보였다.

　'그래! 야마가타 번화가 역 광장에서 우리가 색소폰을 연주했다'는 사실에 만족하자며 서로의 마음을 다독였다.

　단장님과 주 선생님이 야마가타 시 관광부 과장과 미팅

을 가졌다. 그래도 우아미앙상블과 야마가타 관현악 앙상블의 협연을 추진하자는 요청이 있었다고 한다. 준비해 간 감귤초콜릿과 돌하르방은 야마가타 시청 앞 안내소에 제주 홍보를 부탁하며 기증했다.

야마가타에서 두 번의 공연을 마친 저녁, 홋카이도로 가는 선박을 타기 위해 아오모리로 향했다. 야간 빗길을 7시간 달려가 아오모리 선박 대합실 의자에서 2시간 새우잠을 자고, 새벽 2시에 승선, 4시간 항해 후 아침 6시 홋카이도 하코다테에 입항했다.

일본의 북쪽 섬 홋카이도의 유명한 관광지 도야코 호수. 부드러운 산 능선에 둘러싸인 옥빛 호수를 나르는 갈매기 떼들, 쾌청한 날씨, 시원한 풍광 앞에 서니 그동안 쌓인 피로가 간 곳 없이 사라졌다. 홋카이도 도야코 호수에서는 여름 3개월간 매일 밤 8시 불꽃놀이와 앙상블 그룹들을 초청하여 풍악을 울리는 이벤트가 열린다고 한다.

우리도 밤이어서 합주는 힘들었지만, 주선태 님이 '돌아와요 부산항' '요코하마'를, 정희만 님이 '어메이징 그레이스'를, 장창덕 님이 '미운 사랑'을 연주해 테너 색소폰의 부드러운 저음이 도야코 호수에 울려 퍼졌다. 많은 관광객들의 시선과 갈채를 받았다. 여기저기서 터지는 폭죽 소리, 몇 년 전부터 이루어진 이벤트는 관광객 유치에 대성공을 거두고 있다고 한다. 제주시 탑동 해안에 벤치마킹할 좋은 사례라고 생각했다. 그래도 단원들이 색소폰 독주로 세계의 관광객들과 모처럼 함께 즐긴 시간이었다.

다음 날 아침, 애수 어린 '밤안개 속의 데이트'를 연주하는 테너 색소폰 소리에 눈을 떴다. 주선태 님의 아름다운 테너 선율은 안개 낀 호수에 무채색의 신비감을 더해 주는 듯했다. 갈매기도 창가에 날아와 앉았다. 과자로 유혹하였더니 내가 좋단다. 창가에 기대어 갈매기와 벗하며 영혼을 흔드는 부드러운 선율에 빠져드는 순간, 음악이 주는 마술 같은 힘이 자연처럼 나의 마음에 평온함을 안겨 주는 듯했다.

마지막 연주는 우리 팀을 초청해 준 메리유치원에서였다. 도착해 보니 대강당에 '호쿠토에 오신 것을 환영합니다'라는 대형 현수막이 우리를 반겨 주었다. 단원들은 현수막을 걸고, 음향 장비 등 연주 준비를 서둘렀다. 원아들과 교사, 교직원, 학부모들까지 강당 가득 모여들었다. 오직 소리로 감동을 주어야 하는 연주, 강행순 님의 오카리나 연주 '물놀이'의 맑고 신나는 음향이 퍼져 나가자 관객들은 숨을 죽였고, 초롱초롱한 눈망울이 빛났다. '아 목동아'에 이어 흥겨운 우리 민요 아리랑, 도라지, 닐리리아 하모니카 합주, 윤현 님의 소금 연주 '부채춤', 병만 님의 '우리들은 새싹들이다' 독주가 이어졌다.

우리가 신경 써서 익힌 일본 동요 '강아지 경찰 아저씨'는 고복희 님의 색소폰 독주에 맞춰 전 단원과 앳된 원아들의 목소리가 어우러져 아름답게 퍼져 나갔다.

마이고노 마이고노 코네코짱

(길을 잃은 길을 잃은 아기고양이)

아나타노 오우찌와 도코데스카

(당신 집은 어디입니까)

오우치오 키이테모 와카라나이

(집을 물어봐도 몰라요)

나마에오 키이테모 와카라나이

(이름을 물어봐도 몰라요)

음악으로 관객과 하나 되는 가슴 뭉클한 순간, 세계인의 명곡 '아리랑'으로 공연을 마무리했다.

원아들이 고사리손으로 만든 종이꽃 목걸이를 단원들 목에 걸어 주었다. 그리고 원아 50명이 원복을 입고 타악기에 맞춰 운동장에서 깃발 행진 퍼레이드를 벌이는 것이 아닌가. 우리의 방문 연주에 대한 환영 답례였다. 눈시울이 뜨거워졌다.

우리를 초청해 준 일본복지재단법인 천세양익회 요코다 기요코(86세) 이사장이 한인 식당에서 와규 꽃등심을 대접해 주었고, 저녁에는 맛있는 스시로 만찬을 열어 주었다. 남성들은 빨간색, 여성들은 노란색 기노모로 옷을 갈아 입었다. '사치코' 일본 가요 열창, 색소폰 독주로 만찬의 흥을 돋우었다. 요코다 기요코 이사장님의 다정하고 깊은 인품이 따뜻하게 다가왔다.

일본 무대에서 5박6일 우아미앙상블의 공연은 이렇게 막을 내렸다. 웃음, 불안, 아쉬움, 용기, 하모니, 감동 등 복잡 미묘한 감정들이 험한 파도타기를 했던 일본 버스킹은 잊지 못할 항해였지 싶다.

숙소, 차량 렌트, 음식점 등을 예약해 주고, 연주 장소, 악기 제공, 운전까지 맡아 가이드해 주신 주선태 님, '내

사전에 불가능은 없다'를 실천적으로 보여 준 정희만 단장님, 오랫동안 단원들을 격려하며 색소폰, 하모니카를 지도해 준 고복희 악장님, 이동버스 문가에 앉아 회원들이 승하차할 때마다 짐을 옮기느라 땀 흘린 경주 님, 재무와 일본어 통역, 제주 홍보까지 최선을 다해 준 이영이 님. 반주 음향을 책임진 병만 님. 멋진 드러머 지은 씨, 현수막 등 홍보에 윤현 님, 일용 님, 행순 님, 정순 님, 말없이 제 역할을 다한 멋진 단원들, 하늘도 축복해 준 좋은 날씨, 회원 모두의 예술적 기량과 꿈을 향한 열정으로 이루어 낸 소박한 작품이 아니었을까.

'일흔다섯에 유럽 버스킹을 꿈꾸다'라는 나의 수필을 읽은 존경하는 선생님께서 해 주신 말씀.

"75세에 유럽 버스킹을 실현할 수 있다면 기네스북에 오를 만한 일이다."

용기를 주신 선생님 말씀이 여행 내내 떠올랐다.

유럽 버스킹은 아니었지만 일본 버스킹으로 우리의 버킷 리스트 1호가 이루어졌다. 평균 연령 74세에 떠난 실버들의 일본 버스킹은 오래도록 잊지 못할 추억이 될 것 같다.

예울림 벗님들과 함께

매주 금요일 아침, 퇴직한 여교사들이 제주학생문화원에 모였다. '배우는 즐거움과 나누는 기쁨'으로 같이 가자며 '예울림실용음악동아리'로 한마음이 되었다.

처음에는 울림이 큰 난타로 시작했다. 그러나 박자감, 리듬감이 약한 나는 난타를 익히느라 애를 먹었다. 어느 사이 힘껏 내려치는 북소리는 나의 심장을 두근거리게 했다.

"문샘은 조용한 성격인데 북 앞에서는 다른 사람 같아 보였어요."

북 울림에 푹 빠져 전신을 흔드는 나의 연주를 본 지인의 감상평이다.

시간이 흐르면서 악기의 종류가 점점 늘어갔다. 하모니카,

오카리나, 색소폰, 기타, 플룻…. 저마다 이곳저곳에서 익힌 다양한 악기가 예울림에 모여 하모니가 되었다. 배움의 즐거움은 나눔의 기쁨으로 자연스럽게 이어졌다.

1.

예울림실용음악동아리 회원 열두 명이 처음으로 '세상을 두드리는 작은 음악회'를 열기로 했다. 악기를 실은 승용차 몇 대가 성산포종합여객터미널에서 우도행 도항선에 올랐다. 회원들의 표정은 들떠 있었다. 도착한 우도초·중학교는 학교가 아니라 멋진 카페 같았다. 실내에서 파란 하늘이 보이고, 키 큰 나무들로 온통 초록의 숲 속에 들어온 것 같았다.

'우아! 여기가 학교인가?'

이곳저곳에서 수런거리는 아이들을 보니 마음이 편안했다. 학교를 떠난 지 2년, 그동안 난타를 배워 소리 나눔 봉사를 하자고 찾아온 예쁜 섬마을 학교다. 현직에 있을 때 일들이 아련히 밀려왔다. 40여 년 몸담았던 삶의 현장이었는데, 맑은 눈망울들을 다시 마주하니 새삼 가슴이 벅차올랐다.

무대 위로 쏟아지는 시선들, 설렘과 떨림이 동시에 밀려
왔다. 난타, 하모니카, 시낭송, 기타 연주 순으로 40여 분
간 작은 음악회가 열렸다.

 신기한 듯 집중하고 있는 110명 유·초·중학생들. 초롱
초롱한 눈망울이 별빛처럼 쏟아졌다.

 "두웅둥~ 두드드드!"

 나는 별빛 눈망울에서 얼른 시선을 돌려 먼 곳을 바라
보았다. 나도 모르게 신나는 리듬에 점점 빠져들었다. 기
타를 쳤다.

> 울릉도 동남쪽 뱃길 따라 이백 리
>
> 외로운 섬 하나 새들의 고향
>
> 그 누가 아무리 자기네 땅이라 우겨도
>
> 독도는 우리 땅….

 아이들과 '독도는 우리 땅'을 목청껏 불렀다. 이어서 하모
니카 선율, '엄마가 섬 그늘에 굴 따러 가면 아기는 혼자 남
아 집을 보다가…' 서정적인 멜로디에 아이들은 숨을 죽였
다. 2절은 하모니카 연주에 맞춰 아이들 노랫소리가 감미

롭게 흘러나왔다. 드디어 음악으로 하나가 되는 순간이었다.

마지막 달력이 한 장 남은 스산한 계절, 우리는 장애우 배움터 특수학교를 찾았다. 학교는 영원한 고향인가, 오랜만에 아이들 앞에 서니 무척 설렜다. 모두 같은 마음인 듯 시집간 딸이 친정에 온 듯 편안하고 달뜬 표정들이다. 신나는 색소폰과 난타 트롯 퍼포먼스가 펼쳐지자 앉아 있던 아이들이 일어나 어깨를 들썩이며 몸을 흔드는 게 아닌가. 다른 곳에서는 볼 수 없는 순수한 모습, 너무 귀여웠다.

연주자들의 입꼬리도 올라갔다. 즐거워하는 아이들은 삶의 고통에서 잠시 비껴선 존재들 아닌가 싶다. 순수한 영혼들과 함께하는 순간 우리도 해맑은 동심으로 돌아간 듯했다. 아이들 세상을 두드린 작은 음악회, 아이들도 우리도 행복한 시간이었다.

2.

요양병원을 찾았다. 도착해 보니 환우들이 아늑한 공간에서 가라앉은 표정으로 우리를 기다리고 있었다. 휠체어에 의지해 공연장으로 나올 수 있는 어르신들은 그래도 축복받은 분들이지 싶다. 환우들의 시선을 받으며 하모니카로 '민요 메들리'를 연주했다.

"아~리랑 아~리라앙 아라아리~이요오~"

왜소해 보이는 남자가 사뿐히 일어서서 리듬에 몸을 맡겼다. 움직임이 심상치 않다. 빠르고 느리게 강하고 약하게 온몸으로 곡선을 그린다. 나비처럼 부드러운 몸놀림으로 가볍게 들썩인다. 환우들도 꽃봉오리가 피어나듯 굳게 다물었던 입가가 벙글어진다. 하나둘 들썩이던 환우들. 강렬한 색소폰과 난타 트롯 퍼포먼스에는 흥겨운 듯 불편한 몸을 들썩였다. 회원들도 어르신들과 손을 잡고 몸을 흔들었다. 마치 젊은이들의 축제장이 된 듯했다.

시작 전 가라앉았던 분위기는 간 데 없고, 가슴 깊숙한 곳에 숨어 있던 흥이 올라와 상기된 표정들이다. 비록 짧은 시간이었지만 외로운 영혼들과 함께한 시간. 그러나 위로하는 자가 위로받고 있는 순간이었다.

3.

월 1회 J의료원 정신병동 환우들을 위한 생일잔치를 코로나 팬데믹 이전까지 월례행사로 10년째 이어왔다. 생일 케이크와 과일, 음료수, 작은 선물까지 꼼꼼히 챙겨 잠긴

문의 벨을 눌렀다. 익숙한 얼굴이 가족처럼 반겨 주었다.

'소중한 당신'이라는 타이틀을 벽에 붙여 놓고 능숙한 손놀림으로 예쁜 생일상을 차린다. 오늘 생일인 환우들을 앞으로 모시고 반짝이 고깔모자를 씌운다. 두 개의 케이크에 촛불을 밝힌다. '생일 축하합니다!' 다함께 노래를 부르고 하나, 둘, 셋을 외치면 촛불을 끈다.

"생일상 차려 주어 고맙습니다."

어렵게 소감을 말하는 눈빛이 순간 흔들렸다. 홀로서기가 쉽지 않은 이들을 바라보면 막막함이 밀려오지만 이내 추스르고 축하 파티를 한다.

시낭송으로 시작된 파티는 난타, 기타, 색소폰, 플루트, 오카리나, 하모니카, 가야금, 댄스 등 번갈아 가며 다양한 악기와 몸짓으로 그들과 함께한다. 무표정한 얼굴에 차츰 변화가 일기 시작한다. 환우 몇 명은 회원들과 하나가 된다. 분위기가 한껏 달아올랐다. 회원들도 건강의 소중함, 환우들에 대한 안타까움, 봉사의 즐거움을 느꼈으리라.

우리 동아리를 기다리는 곳이 많았다. 요양원, 병원, 지역 축제, 특히 난타 연주는 큰 행사의 식전행사로 제격이어서 신나게 달려가 북을 울렸다. 섬마을 우도, 추자도까지 뱃멀리를 마다않고 어디든지 찾아갔다. 그동안 열심히 배운 여러 악기로 서툴지만 누군가와 함께할 수 있음에 감사하면서 달려갔다.

강산이 한 번 바뀌어도 계속 흐르고 있는 나눔의 강물. 그 비결은 어디에 있을까. 따뜻한 리더십과 음악적 소양이 뛰어난 고복희 단장의 노고가 가장 크다. 회원들도 늘 한마음 되어 서로를 배려하고, 무엇보다 회원 한 분 한 분이 가진 소질을 한껏 발휘하는 모습이 더없이 아름답다.

4.

2016년 서울 코엑스 C홀에서 열린 전국평생교육박람회. 드디어 난타 연주로 큰 무대에 섰다. 열네 명의 연주자들은 모두 나처럼 다짐했으리라. 생애 최고의 무대를 만들리라고. 모두의 염원이 통한 듯 우리는 완벽한 팀워크, 다듬고 다듬은 기량으로 관객을 사로잡았다. 행사 규모와 참석자들의 수준은 우리를 긴장시켰지만, 준비된 자들의 여유가 한층 돋보인 무대가 되지 않았을까.

북 앞에 서면 늘 설렘으로 가슴이 쿵쿵 뛴다. 북채로 북을 내리치면 그 울림이 공명을 일으키며 퍼져 나간다.

그 순간 일상에서 올라오는 스트레스, 슬픔, 걱정, 우울, 화, 질투, 욕망 등에 눌려 있던 삶의 무게가 허공 속으로 흩어져 버린다. 신나는 북소리의 리듬에 온몸을 맡기고 무아지경에 빠질 때 나의 생명력이 되살아난다. 나는 그 순간 스무 살 청춘으로 돌아간다.

배움이 즐겁고 나눔이 행복한 예울림 벗님들과 오래오래 함께하고 싶다.

더운 국이 식지 않을 정도의 거리

벚꽃이 화사한 토요일 오후, 오랜만에 큰딸과 밖에서 밥을 먹고 호젓한 카페에서 차도 마셨다. 초저녁 운치 있는 벚꽃길을 딸과 손을 잡고 무작정 걸었다. 지척에 살면서도 자주 함께하지 못했는데, 나란히 걷는 등 뒤로 내려앉은 어둠도 우리를 살포시 안아 주었다.

큰딸은 태어나면서부터 분리불안이 유별났다. 이제 와 생각해 보면 배고픔보다는 어미 품이 그리웠던 게 아니었을까 싶다. 나는 겨우 한 달간의 출산휴가가 끝나 일터로 돌아가야만 했다. 그런데 어린 것이 우유를 거부하는 것이었다. 풋내기 엄마는 막막할 뿐, 뾰쪽한 해결책이 떠오르지 않았다.

출근 바로 전까지 젖을 물린 다음 일터로 향했다. 갓난 아이에게 세 시간은 배고픔의 긴 터널이었을 것이다. 두 시간 수업 끝 종이 울려 숙직실로 달려가면 어린 것의 울음소리로 교정이 떠나갈 듯했다. 아가를 보는 순간 눈물이 왈칵 쏟아지려고 했다. 가까스로 진정하고 숙직실 구석에서 헐레벌떡 가슴을 내어 주면 아가는 숨도 안 쉬고 어미젖을 꼴깍거리며 넘기다 금세 방글거렸다. 입술을 깨물던 어미 눈물이 아가의 고운 볼에 뚝뚝 떨어지곤 했다.

직장에서 돌아오면 어린 것은 어미 품에서 떨어지지 않으려 기를 썼다. 밤새 내 가슴을 파고들었다. 갓난아이의 허기를 계속 모른 체해야 하나 하는 고민이 거세게 몰아치는 파도로 밀려와 나를 휘감았다. 지금도 그때의 기억이 떠오르면 울컥해지곤 한다.

요즘처럼 활용할 수 있는 육아휴가가 없던 70년대. 20대 엄마가 세 살 터울의 아이 셋을 키우기엔 너무 힘에 부쳤다. 고맙게도 시어머님이 맏이와 막내를 4년씩 키워 주셨다. 엄마 품보다 모자람 없이 지극하게 돌봐 주는 할머니의 사랑으로 충분할 것이라고, 아이들에게 미안함을 애써 자위했다.

분리불안 덕인가, 돌아보니 셋 중에 둘째인 큰딸만 내 품에서 떨어진 적이 없다. 늘 가까이 산다. 유아기에 할머니 체온을 느끼며 자란 맏이와 막내는 지금도 멀리 떨어져 살고 있다.

심리학자 프로이트는 미처 기억하지도 못하는 영유아기 때 엄마의 부재는 인간이 겪는 최초의 트라우마라고 한다. 많은 학자들이 만 3세까지 엄마와 아가의 거리가 아이의 정서에 큰 영향을 준다는 학설을 내놓고 있다. 이들 주장에 의하면 나는 죄지은 엄마라는 생각을 지울 수 없다. 가장 엄마가 필요한 시기에 아이들을 놓아 버렸으니….

내 핏줄, 우주의 섭리인 특별한 인연으로 내게로 와서 열 달 동안 품었던 생명체. 나의 심장을 나누어 가지고 또 다른 생명체로 내 곁에 왔다. 기다가 걷고, 달리면서 둘과의 거리는 조금씩 멀어졌다. 사춘기 들어 가슴 서늘하게 벌어졌던 아이들과의 거리는 어른이 되면서 차차 좁혀지고 자연스런 삶의 거리로 이어지고 있다.

큰딸은 대학 시절 배낭여행으로 서구 여러 나라를 돌며 스튜어디스의 꿈을 키웠다. 대학을 졸업하면서 운이 좋았던지 은행원과 항공사 승무원 두 곳에 합격했다. 승무원이 되고 싶어 몇 달 간 상경하여 연수까지 받으면서 애쓰고 공을 들였다. 그런데 어느 날 어렵게 합격한 항공사 입사를 접고 은행원의 길을 택하는 것이 아닌가. 딸의 선택은 의외였다.

"엄마와 떨어지고 싶지 않아 승무원의 길을 포기했어요."

그때 많이 놀라기도 했지만, 나는 딸이 참 바보 같다는 생각을 했었다.

딸은 집에서 그리 멀지 않은 곳에 사는 남자와 결혼했고, 몇 년 후 처음 아파트를 장만했다. 딸의 분리불안이 또 슬며시 고개를 들었다. 자기 집 옆으로 옮기라고 우리를 채근하는 것이었다. 딸의 성화에 못이기는 척 가까이 가서 지금까지 살고 있다. 딸보다 어미가 더 분리불안을 느끼는 건 아닐까.

어느덧 많은 시간이 흘렀고, 가까운 거리에서 어미 곁을 지키며 황혼의 허허로움을 채워 주고 있다.

분리불안이 유별났던 아가도 어미가 되었다. 일을 하며 두 아들 교육에 노심초사하는 딸의 모습이 대견하면서도 안쓰러웠는데, 큰손자가 대학을 졸업하고 취업까지 했다. 둘째도 약대에 일 년 다니다가 군대에 갔다.

"엄마, 나 요즘 훨훨 날아갈 것 같아요."

"자식 키운 보람 있네. 그간 애썼다."

딸을 꼭 안아 주었다.

칼릴 지브런은 "함께하되 너무 가까이 있지 마라. 사원의 기둥도 서로 떨어져 있고, 삼나무와 감나무는 서로의 그늘 속에서 살 수 없다"고 했다.

부모와 자식의 거리는 얼마쯤이 좋을까. '더운 국이 식지 않을 정도의 거리'라고 말하는 이도 있다. 공간적 거리보다 심리적 거리가 더 중요하지 않을까 하는 생각을 잠시 해 본다.

어미와 딸, 한 뿌리에서 자란 가지여서 기쁨도 아픔도 함께 느낀다. 그러나 적당한 거리를 두려 하고 있다. 그래서 딸의 삶에 되도록 개입하려 하지 않는다. 가까이 살고 있지만 딸의 집 방문을 거의 하지 않고, 전화도 가능한 자제하고 있다. 딸의 하소연에 귀 기울이지만 들어주기만 한다. 그러나 나의 의도적인 밀어냄이 자칫 냉정한 엄마로 비치지 않을까 조심스럽다. 허나 마음을 비우기로 했다.

큰딸에게 엄마의 존재는 어떤 모습일까, 좀 궁금해진다. 하지만 그런 욕심도 비우기로 했다. 언제든 마음만 먹으면 벚꽃이 화사한 어느 토요일 우린 함께 걸을 수 있을 테니까.

내 동생의 효심

　나에겐 열두 살 아래 띠동갑 여동생이 있다.

　맏이로 살아낸 삶의 옹이가 가슴에 남아 오래도록 어머니를 원망했던 속 좁은 큰딸인 나에 비하면, 내 동생은 노년의 부모님에게 사막의 오아시스 같은 각별한 자식이었다. 동생의 깊은 효심은 오월의 장미처럼 신선했다.

　부모에게 더 끌리는 자식이 있을까. 육 남매 중 어머니를 가장 많이 닮은 듯한 동생, 작달막한 키에 뚜렷한 이목구비와 알뜰한 근검절약 정신까지 참 많이 닮았다. 어머니는 어려운 시절 맏며느리로 시집와서 부모님과 동기간을 살피고, 묵묵히 육 남매를 키우면서 모진 세월을 살아내셨다. 내 동생은 어머니의 가족애까지 물려받은 듯하다.

100세 시대를 살고 계신 부모님은 3남3녀를 두셨지만 셋은 멀리 떨어져 있다. 두 분의 홀로서기가 버거워지자, 가까이 사는 막내아들과 둘째딸이 울타리가 되어 드렸다. 막내아들은 일요일마다 아버지 목욕과 잡다한 일상사를 챙기고, 문중과 일가의 대소사를 도맡아 처리하였다. 누구보다 의지한 건 작은아들이었지 싶다. 외지에 있는 두 아들과 막내딸도 수시로 부모님을 살펴 드렸다. 동생들의 애틋한 효심을 지켜보면서, 든든한 형제애로 번져 오는 가슴 뭉클함을 느꼈다.

여동생에게 주어진 24시간에서 우선순위는 부모님이었다. 결혼하면서 시부모님과 함께 산 동생은 직장에서 돌아오면 다정한 딸이 되어 두 분을 모셨다. 나중에는 시어머니 5년, 시아버지 7년간 치매를 앓으셨다. 체구가 크신 시아버지의 대소변 시중까지 그 작고 가녀린 몸으로 의연하게 지켜 드렸는데, 결국 병원 신세를 지다가 세상을 뜨셨다. 어르신 문상 때 만난 동생의 친척들은 이구동성으로 칭찬이 자자하였다.

"이런 며느리는 다시 없습니다."

동생이 얼마나 고생했을까, 콧등이 시큰하면서 눈시울이

흐려졌다.

동생에게 토요일은 어버이날이다. 세상과 소통이 힘들어지자, 80대 부모님은 토요일과 일요일을 손꼽아 기다리셨다. "어머니! 정희 왔수다" 하고 방문을 열면, 비로소 어머니 얼굴에 화색이 돌았다. 한 시간만 늦어도 안절부절못하시는 걸 잘 아는 동생은 자석처럼 끌려 달려왔다. 모녀는 요양보호사의 도움을 받으며 평일에 있었던 일들을 도란도란 풀어놓았다. 집에서 정성스레 만들어 간 음식으로 부모님 심신의 허기를 채워 드리는 고마운 딸!

집 안을 돌아보며 침구를 털고 일주일 동안 쌓인 먼지를 구석구석 쓸고 닦았다. 집 안 정리가 끝나면 욕조에 따뜻한 물을 받아 어머니를 씻겨 드렸다.

"아이구, 시원허다, 시원해!"

모녀는 물장난도 치며 행복한 순간을 이어갔다.

동생이 동분서주하는 동안 제부는 마트로 향했다. 토요일이면 어김없이 찬거리를 사 가는 제부를 보고 마트 주인은 보기 드문 사위라고 했다. 낡은 집 관리도, 정기적으로 가야 하는 병원 뒷바라지도 제부의 몫이 되었다. 부모님은 평일에 어려움이 닥치면 둘째사위를 찾았고, 제부는

119 긴급 구조대원처럼 달려가 주었다.

"제부, 너무 고마워요."

"내 부모를 위해 최선을 다해 준 아내에게 진 빚을 갚고 있습니다."

언젠가 내가 고맙다는 표현을 했더니 제부에게서 돌아온 대답이었다.

"정희야! 우리 엄니 너 같은 효녀 낳아 복 받고 있구나, 고맙다."

"언니! 토요일에 부모님을 뵙고 오면 일주일이 그냥 즐겁게 지나가요."

동생 부부의 헌신이 부모님과 우리 형제들을 감동시켰고, 효의 본보기가 되었다.

작은 들꽃 같은 외모에서 맑은 샘물처럼 끝없이 솟아나는 내 동생의 깊은 효심. 다른 사람을 위해 꾸준히 시간과 에너지를 지속적으로 쏟아내는 건 쉬운 일이 아니다. 80대 초반 거동이 불편해진 어머니를 위해 12년의 긴 세월을 토요일마다 35km 떨어진 고향집으로 달려가 준 여동생 부부다.

아무리 효자 효녀를 두어도 결국 삶의 마무리는 요양병

원일 수밖에 없는 것 같다. 96세의 어머니도 어쩔 수 없이 요양병원에 입원하셨다. 동생의 발걸음은 하루도 거르지 않고 출근 전에 병원을 찾아 어머니의 몸을 어루만지고 마음을 읽어 드렸다.

그러나 자신의 노후를 정성을 다해 지켜 준 둘째딸의 기쁜 일을 앞두고 어두운 표정에 가슴 아팠을 어머니. 딸의 마음을 알아채신 어머니는 금방 멈추어 버릴 것 같은 가쁜 호흡을 마지막 힘을 다해 이틀 동안이나 참아 내셨다. 그리고 오월 아름다운 신부가 된 손녀의 결혼식을 무사히 마쳤다는 소식을 들은 그날 오후 6시 50분 운명하셨다. 모녀는 마지막 가는 길 손을 잡지 못했지만 서로를 생각하며 뜨거운 감사의 눈물을 흘렸으리라.

주위를 살피고 배려하기보다 자신의 삶에만 매몰되어 살아온 나의 지난 시간, 내가 잘 사는 것이 효도라고 자위했었다. 내 일을 먼저 챙기는 동안 간절히 기다렸을 부모님은 뒷전이었던 지난날 나의 불효. 오늘은 마음 깊이 죄송스러움으로 다가온다.

나의 덕담을 읽은 동생 표정이 궁금해진다. '당연한 일인데 뭐…' 하며 쑥스러워할 것 같다. 내 부족한 표현이 동생에게 부담이나 누가 되지 않을까 조금 걱정이 되기도 하지만, 언니의 고마운 마음의 표현이라고 이해해 주었으면 좋겠다.

서연암 풍경

　퇴직하고 친구의 권유로 소박한 절을 찾았다. 담쟁이덩
굴 속에 푹 파묻힌 작은 법당이었다. 시원한 잔디마당, 눈
을 들어 시선을 돌리니 화산섬 숨골, 거문오름이 한가로
운 구름 밑에서 의연한 자태를 드러내고 있다. 다향이 은
은하고 클래식 음악이 잔잔히 흐르고 있는 고요한 요사
채, 정갈한 다기들 앞에서 우수에 찬 눈빛의 스님께 일배
를 올렸더니 조용한 미소로 맞아 주셨다.

　미망에 흔들렸던 지난 시간, 어깨를 누르는 짐이 무거워
끙끙거려 보았지만 안개 속에 가려 암담하기만 했을 때,
담쟁이덩굴 속 20평 남짓한 법당과 포근한 잔디마당이 편
안히 다가왔다.

파란 담쟁이덩굴이 동그마니 남겨 놓은 두 개의 유리창 옆 현관문을 밀고 들어서니 얇은 입술에 눈매가 가느스름한 부처님이 편안한 미소를 짓고 있었다. 천장에 매달린 색색의 연등 아래 스무 명 남짓한 신도들이 단아한 자세로 스님의 설법을 경청하고 있었다.

키가 큰 스님은 회색 승복 자락을 날리며 깃털처럼 부드러운 음성에서 어느새 서릿발같이 확신에 찬 어조로 법문을 이어 갔다. 적절한 비유를 들어 설해 주었기에 경전을 모르는 초보자도 이해가 되었다.

"절을 찾지 말고 이웃의 손을 잡아 주고 분별심을 내려놓아 돈오(頓悟, 단박에 깨달음)하면 누구나 부처가 될 수 있다"는 스님의 법문은 무심히 앉아 있던 내 마음 깊숙한 곳에서 무엇에 찔린 듯 잔잔한 충격이 일었다.

'지혜정'이라는 법명을 받고 불자로 태어났다.

"탐진치와 분별심을 내려놓으면 그 순간 부처이고, 자연과 나와 남이 하나로 이어졌다"는 부처님의 말씀. 나라는 존재를 드러내기 위한 지난 세월의 기도가 허망한 욕심임을, 당연히 짊어져야 할 세상 짐에서 벗어나려 절을 찾아 부처님에게 간구했던 일들이 미망이었음을 깨달았다.

드리웠던 안개가 스르르 걷히고 파란 하늘이 드러나는 느낌이었다. 흔들리던 막연한 생각들이 고요해져 갔다. 비워야 할 것과 채워야 할 것이 무엇인지 어렴풋이 다가왔다. 환갑을 훨씬 넘기고서야 오래 돌아서 온 듯했다.

2018년 8월 넷째 토요일은 음력 7월 15일, 불교에서는 우란분절, 하안거 해제일, 백중날이다. 법당에 촛불을 밝히고 향을 피운 후, 친구와 둘이서 마음의 때를 닦아 내듯 법당을 말끔히 청소했다. 태풍 '솔릭'의 흔적을 쓸고 닦는 친구의 얼굴에서 땀방울이 뚝뚝 떨어졌다. 부처님 상단에 과일과 떡과 마지(摩旨)를 정성스럽게 올렸다. 이런 좋은 날에 나를 낳아 길러 주신 부모님의 고마움을 생각하면서.

하나둘 모여든 신도들, 공양간에서는 도란도란 웃음소리가 흘러나오고, 요사채와 화장실을 쓸고 닦는 얼굴들도 상기되어 있었다.

스님이 건네는 차 한 잔, 은근한 향이 입안에서 맴도는 순한 보이차를 마시니 모두의 얼굴이 아이처럼 맑아진다.

이날 스님은 우란분절의 의미를 통해 부처님의 가르침인 효도와 진정한 보시에 대한 불심을 쉽게 설법했다.

"우리가 한 달에 한 번 와서 법회를 여는 것도 사실은 필요 없는 것이다. 절에 오지 말고 자기 자리에서 낮은 자세로 곁에 있는 부처님을 존경하고, 어려운 이웃들에게 베푸는 무주상보시(無住狀布施)가 절에 있는 부처님께 공양하는 것보다 훨씬 공덕이 크다."

'돈오의 실천은 보시에서 시작하라'지만, 내 것이라는 생각에 갇혀 있는 중생이기에 나누는 보시가 어디 그리 쉬운 일인가. "그러기에 한 달에 한 번 이렇게라도 모여 공양하며 부처님의 말씀을 새기는 정진의 시간이 필요한 것이라 생각한다"는 스님의 마무리 법문은 늘 실천에 한계를 느끼는 자신을 되돌아보게 했다. 고요한 법당에 찬불가의 여운이 은은하다. 어느새 다음 법회와 스님의 법문이 기다려진다.

부처님 오신 날은 서연암의 잔칫날이다. 신도의 가족과 지인들, 동네 이웃, 제법 많은 분들이 삼삼오오 모여들었다. 드넓은 잔디밭에 펼쳐 놓은 하얀 천막 그늘 의자에 심신을 내려놓았다. 천막 안엔 먹음직스러운 음식을 큼직한 접시에 담아 열 지어 놓았다. 부처님 오신 날 봉축 법회를 마치신 스님께서 한말씀 하셨다.

"오늘 석가모니 부처님께서 우리에게 오신 날입니다. 이렇게 기쁜 날 여러분을 위해 준비한 음식 맛있게 드시고 성불하십시오."

앉았던 이들이 일어나서 줄을 섰다.

"우와! 맛있겠다."

"무얼 먹을까?"

귀한 음식을 맛보는 이들의 행복한 모습에서 문득 이게 낙원이 아닐까, 하는 생각이 들었다. 이들을 잠시 극락으로 모신 보살님은 귀한 공양 재료들을 준비하고 구슬땀을 흘리며 세계 여러 나라의 음식들을 정성껏 만들어 내놓았다. 코로나19 거리두기로 막히기 전까지 이런 부처님 오신 날 대중공양은 6년간 계속 이어졌다. 한 달에 한 번 열리는 법회에 보살님의 행복한 요리는 신도들을 위해 빛을 발했다.

넉넉한 보시로 부처님의 말씀을 실천하시는 불심 깊은 보살님 덕분에 심신의 허기를 채우고, 편안한 마음으로 법당의 뜰을 천천히 걷는다. 잔디를 손질하던 스님이 남겨 놓았을까, 개민들레가 무심히 웃고 있다. 유별난 여름, 담쟁이들은 폭염을 버텨내기 위해 잎들을 급하게 내려놓고 벽을 가까스로 붙잡아 마른 갈색빛 생명력을 이어 가고 있다. 어려운 병마에서 꿋꿋하게 잘 버티어 내던 한 사람, 남편은 병마를 붙들고 힘들 때면 나무아미타불을 염불했다. 의연하고 끈질긴 담쟁이덩굴처럼 오래오래 동행이 되어 달라고 은밀한 기도처럼 나무아미타불을 염불한다.

코로나19로 신도들의 발걸음이 뜸해지자 신도들과 소통 방법을 고민하던 스님이 《유마경》 영상강의를 시작했다.

매월 둘째, 넷째 주 토요일에 40분씩 2회 강의를 2년 반 동안 동파거사님이 편집해서 유튜브에 올려 주었다. 이 영상강의는 코로나로 힘든 신도들과 불자들에게 대단한 인기가 있다. 세계의 많은 불자들이 동영상 강의를 시청하고 있다. 스님은 어려운 《유마경》을 현대 과학에 접목하여 우리 몸과 마음이 어떻게 움직이고, 마음의 알아차림을 제대로 해석하고 지혜롭게 마음을 챙기도록 아주 쉽게 강의했다. 뇌과학, 사회과학, 심리학, 철학 등 여러 학문을 넘나들며 《유마경》을 재해석했다.

'부처님도 없고 깨달음도 없다'는 열강에 때론 고개가 갸웃거려지기도 했다. 하지만 미망에 흔들리는 마음을 다잡아 주는 스님의 강의에 마음을 모아 보았다.

'상구보리 하화중생(上求菩提 下化衆生)'

깨달음을 얻기 위해 노력하고 아래로 중생을 가르쳐 깨달음으로 이끌라는 가르침. 부처님의 가르침을 실천하고자 끊임없이 경전을 연구하고 부처님의 바른 뜻을 전하고자 애쓰는 불심 깊은 스님과의 귀한 인연에 감사한다.

* * *

2023년 7월 1일 금요일 오후.

공부하는 절, 정법도량 서연암을 지키시던 65세 각문 스님께서 열반하셨다. "생사가 둘이 아니다. 살아서도 죽은 것이고, 죽어서도 살아 있는 것"이라는 설법, "생각이 나타나고 사라지는 것, 들숨과 날숨이 이어지고 끊어지는 것이 생사의 순간이니 매순간 집중하라" 하시던 스님은 열반을 평소의 법문처럼 우리 눈앞에서 자연스레 보여 주셨다.

스님의 유지를 받들어 화엄사에 서연암을 헌납하신 올곧은 유족들의 훌륭한 결단에 감사드린다. 스님은 가셨지만 스님의 혼과 뜻은 서연암에 오래도록 남아 있을 것이다.

스님의 유골은 서연암 마당과 화엄사 부도탑에 모셔져, 불교 정법을 현실에 맞게 재해석하여 많은 제자들을 길러 내신 법 높은 스님의 덕을 오래도록 기리게 될 것이다.

　8월 18일 여법한 49재, 화엄사에서 마지막 절을 올렸다.

　각문 스님! 별나라에서 편안히 극락왕생하소서.

세 모녀의 발칸반도 여행기

새벽에 캐리어를 끌고 서둘러 제주공항으로 달려갔다. 프란시스코 태풍 8호에 발목이 잡힐까 봐 대기표 2번으로 김포행 비행기에 올라 이륙한 순간, 여행을 떠날 수 있다는 안도감이 밀려왔다. 서울 작은딸 집에서 묵고, 미팅 시간에 맞춰 인천공항 제1터미널에 들어섰다.

칠순을 넘긴 나이에도 북적이는 인천공항은 가슴을 뛰게 했다. 딸들의 환한 얼굴이 부풀어 오른 풍선 같았다. 9년 전 퇴직 기념으로 두 딸과 두 손자와 함께 떠났던 터키여행을 추억하며 살았다. 이번 여행은 큰딸이 4개월 전부터 예약해 두었다. 교사인 큰딸은 방학, 작은딸은 직장에서 어렵게 휴가를 얻었다. 두 딸은 열흘이나 집을 비워야

해서 챙겨야 할 일들이 많았을 것이다.

　단조로운 일상에 갑갑증이 일면 방학을 기다렸고, 여행을 준비하며 즐거웠던 추억이 아련하다. 아마 두 딸도 그러했으리라. 출국 수속을 마치고 커피를 마셨다. 유난히 향기로웠다. 여행은 목적지에 도착해야 행복해지는 것이 아니라 여행을 준비하면서 더 행복을 느낀다는 누군가의 말에 공감했다.

　여행 첫날은 슬로베니아 '줄리안 알프스의 진주'라는 블레드 호수에 도착했다. 병풍처럼 둘러싸인 알프스의 만년설과 빙하가 녹아내려 만들어진 짙은 옥색 호수, 절벽 위의 천년 고성을 향해 배를 타고 호수 한가운데 있는 블레드섬에 갔다.

　호수에 비친 섬 풍광도 너무 아름다웠다. 세계 유명 휴양지라 했다. 많은 신랑신부가 결혼식을 올린다는 성모승천성당, 세 번 종을 울리면서 소원을 빌면 이루어진다는 '행복의 종'. 종은 천장에 가려져 있었다. 내려온 줄을 힘을 주어 당기자 은은한 종소리가 울려 퍼졌다. 뭔가 마음 깊은 곳에서 차오르는 느낌으로 정작 소원은 빌지 못했다. 이제 무엇을 더 바라랴. 두 딸과 함께 먼 이곳까지 왔는데….

성당 입구에 있는 4대를 이어 왔다는 주물 기념품 가게에서 앙증맞은 청동 촛대를 골랐다. 마음이 흔들릴 때 고요히 촛불을 밝혔으면 하는 바람으로 두 딸에게 하나씩 선물했다.

그런데 첫날부터 일을 저지르고 말았다. 나는 푸니쿨라를 타고 슬로베니아 수도인 류블랴나 성에 올라 전망대에서 시내를 조망하는 선택 관광에 합류했다. 딸들은 예쁜 시내 구경이 더 낫겠다고 해서 딸들과 헤어졌다. 가는 날이 장날이라고, 아름다운 류블랴나 시내 전경은 흐릿한 안개비에 파묻혀 희미하게 가라앉아 있어 아쉬움이 컸다.

세월과 함께 쓰임이 달라진 시설들을 살펴보다가 그만 약속한 만남의 장소를 찾는 데 길을 잃었다. 시력도 나쁘고 길치인 내가 외국에서 길을 잃었으니 무인도에 홀로 남겨진 느낌이었다. 일행들이 걱정하는 모습, 딸들이 찾아 헤매고 있을 거라는 생각에 순간 아득했다. 두 딸과 함께 갈 걸, 후회가 되었다. 엄마 잃은 아이처럼 헤매고 있었다. 순간 나를 부르는 딸의 목소리가 들렸다. 큰애였다. 고맙기도 했지만 많이 부끄러웠다.

다음은 유네스코 자연유산에 등재된 크로아티아 플리

트비체 국립공원이다. 밝은 태양빛, 물속 석회질 성분이 가라앉은 하얀 바닥에 녹색 숲과 파란 하늘이 내려온 듯한 청록색 물빛. 100여 개의 폭포가 지형을 따라 자연스레 흘러내려 16개의 잔잔한 호수를 만들고, 투명한 물빛은 마법에 걸린 '요정의 호수'인 듯 나도 모르게 탄성이 흘러나왔다. 무더위는 아랑곳하지 않고 이 신비로운 자연을 경외하는 세계인들의 발길이 끝없이 이어지고 있었다.

두 딸은 가이드가 제공한 수신기를 귀에 꽂지 않았다. '내 눈으로 보고 느끼겠다'는 것이었다. 딸들과 엄마의 입씨름이 이어졌다. 보는 여행과 즐기는 여행에 대한 견해 차이였다. 낯선 곳에서 40대 딸들의 안전 걱정에 70대 엄마의 조바심은 잔소리가 되곤 했다. 딸들의 불평에 불편한 속마음을 감추느라 애를 먹었다.

사진 찍히기를 별로 좋아하지 않던 큰애가 아름다운 풍광을 눈에만 담기 아쉬웠는지 사진 찍기에 몰입했다. 작은애는 과감한 의상과 다양한 포즈로 자신 있게 카메라 앞에 서곤 했다. 사진을 찍고 찍히는 모습이 그림 같았다. 여고생들마냥 신나게 움직이며 척척 맞는 호흡, 순간순간 아름다운 풍광을 만끽하는 듯 보였다. 자라면서 둘 다 개성이 강해 곧잘 싸우기도 했고, 요즘도 토라지면 한동안 고개를 돌리다가도 어느 순간 카톡으로 마음을 나누는 딸들.

"엄마, 여기서 한 컷! 이쪽으로 서세요! 시선은 저쪽으로…"

딸들은 다양한 포즈를 요구했지만 싫지 않았다. 친구들과의 여행에서는 주름 깊은 얼굴을 내밀며 찍어 달라 하기도 민망하여 눈치를 보곤 했는데, 이번엔 그렇지 않았다. 나는 그 애들 엄마니까.

도시 이름이라도 기억해 두려고 한두 시간 자유시간이 주어지면 기념품 가게를 기웃거리며 도시를 상징하는 마그네틱을 고르는 재미도 쏠쏠했다. 자연스럽게 영어로 소통하는 작은딸이 대견했다. 그만큼 쇼핑도 편했다.

해안 성채도시 트로기르에 도착해 저녁을 먹은 후 딸들이 동네 마트에서 화이트 와인과 납작복숭아를 사 왔다. 이국땅 낯선 호텔방에서 와인 잔을 부딪쳤다. 포섭이라는 트로기르산 화이트 와인은 맛을 잘 모르는 내가 마셔도 입안에서 향긋한 풍미가 감돌며 몸속으로 퍼졌다. 유년기에 직장 때문에 많이 안아 주지 못하고 배고파 많이 울게 해서 미안한 딸들. 제 몫을 하며 사는 모습이 새삼 대견하게 느껴졌다. 싱그러운 웃음소리에 나도 젊어지는 느낌이었다.

이번 여행의 백미인 '아드리아해의 보석'이라 불리는 두브로브니크. 대리석이 깔려 있는 플라챠 거리를 걸으며 우아한 궁전, 멋진 시계탑과 분수, 고풍스런 수도원에 대한 설명을 들었다. 유람선을 타고 도시를 바라보는 선택관광은 멀미를 한다며 딸들의 반대로 포기했다.

세 모녀는 자유롭게 성안 골목골목을 누비다가 꼭 가보고 싶었던 유명한 '부자카페'를 어렵지 않게 찾아냈다. 작은 문을 통과했다

"우아! 멋지다."

탄성이 저절로 나왔다. 뜨거운 태양 아래 끝없이 펼쳐진 아드리아해. 가까이 다가온 예쁜 키르크 섬과 아름다운 절벽에서 다이빙하는 젊은이들의 건강한 모습이 눈에 들어왔다. 눈부신 경치를 바라보며 '꽃보다 누나'에서 김희애가 앉았던 자리가 어디쯤일까 생각하며 시원한 레몬맥주를 마셨다.

성벽 투어는 성벽 위를 2km 정도 걷는 코스였다. 40도가 넘는 폭염에 에너지가 소진되었다. 성 안과 밖의 모습은

인간의 위대함과 자연의 아름다움이 대비되면서 한 동양 여인의 마음을 사로잡았다.

대지진과 수많은 외침에서도 천 년을 견뎌 낸 찬란한 문화유적이 세월을 잊고 있었다. 성벽과 무더위를 고려해 전날 구입한 노란 끈 롱원피스와 큰 차양 모자에 멋진 선글라스를 쓴 여인이 아름다운 배경 앞에 서 있다. 10년 전 암수술로 한동안 움츠려 있던 작은딸. 이제 멋진 살사 춤을 즐기며 단단한 체력을 보여 주고 있으니 얼마나 고마운지. 아쉬웠지만 성벽 투어는 중도에서 되돌아왔다.

사이먼 레이븐는 "인생은 짧고 세상은 넓다. 그러므로 세상 탐험은 빨리 시작하라"는 말을 했다. 남편은 손자들과 서유럽 여행을 꿈꿨다. 병을 이기고 손자가 대학에 가면 꼭 함께하리라 했다. 하지만 짧은 인생은 그의 작은 꿈을 이루지 못했고, 결국 큰 꿈도….

보스니아의 메주고리예 성모 발현지인 성 야고보 성당이 있는 네움에 도착했다. 아드리아해의 아름다운 노을 앞에 서니, 남편과 함께 보고 싶었지만 곁에 없다는 사실이 새삼 아프게 다가왔다. 그와 함께했던 북유럽과 동유럽에서의 시간들이 떠올랐다. 텅빈 마음, 내 몸 반쪽이

스르르 떨어져 나가 버린 듯 허전함이 밀려왔다. 그의 얼굴이 물결 위에 어른거리다 이내 노을 뒤로 숨어 버린다. 어둑해지는 하늘가를 한참 올려다보았다. 그래도 많은 인파가 북적이는 노천카페에서 딸들과 맥주 한잔을 마시니 다시 마음이 가벼워졌다.

딸들은 요즘 와서 내 차림에 관심을 갖고 한마디씩 한다. 딸들에게 이끌려 옷을 고르고, 신발도 샀다. 아무래도 가까이 있는 큰애가 더 마음이 가는 듯했다. 여행 마지막 날 베니스 로벤타 아울렛에서 사 준 부드럽고 예쁜 가방은 딸들을 생각하며 오래 들게 될 것 같다.

며칠간의 여행이 무사히 끝났다. 드디어 인천공항에 도착했다. 마중 나온 아들 부부와 공항 근처 맛집으로 향했다. 여행하면서 먹고 일어서면 배고프다던 딸들은 열흘 동안 참았던 우리 음식, 흑돼지 삽겹살 철판구이를 맛있게 먹었다. 생일 축하를 받으며 자식들과 함께 먹는 음식 맛은 역시 좋았다.

건강한 다리로 걸어서 또 다른 멋진 세상을 눈에 담았다. 딸들과 함께한 시간들은 기억의 보물창고에 차곡차곡 쌓아 둘 것이다.

손자의 몽블랑 트레킹을 응원하며

스르~륵! 도어락 소리에 순간 긴장되었다. 서울 사는 손자가 연락도 없이 현관문을 열고 들어섰다. 땀 냄새 물큰한 손자와 진한 포옹을 했다.

장손은 코로나19 쓰나미가 밀려오기 시작한 2020년 3월 대학생이 되었다. 그러나 비대면 수업으로 꿈에 그리던 대학생활 1년을 허비하다 군에 입대했다. 1년 8개월 군복무를 마치고 늠름한 모습으로 내 앞에 서 있다. 하얀 피부에 눈이 크고 키가 184cm인 멋진 청년. 음료수를 앞에 놓고 손자와 마주 앉았다.

"할머니! 저 유럽 배낭여행 떠납니다."

손자는 군대에서 월급을 꼬박꼬박 저축하며 오랫동안

여행을 준비한 듯 보였다.

그런데 이번 여행의 백미는 뚜르 드 몽블랑(Tour du Mont Blanc, TMB), 몽블랑 둘레길 걷기라고 한다. 알프스 산맥 최고봉인 4,807m 설산 몽블랑은 나에겐 생소한 여행 코스였다. 손자와 이야기를 나누다 보니 걱정이 되기 시작했다. 왜 하필 힘든 몽블랑 트레킹을 택했을까.

우리나라 젊은이들은 너무 힘들어서 거의 가지 않는다는 몽블랑 트레킹, 산을 한 번도 타 보지 않은 손자가 혼자서 간다고 하는 게 아닌가. 그 험한 몽블랑 트레킹을 꼭 해야 하겠느냐고 말렸다.

"세계의 많은 트레커들의 꿈의 트레킹 코스라서요."

자신은 젊고 건강하니까, 그리고 여행은 고생한 것만 기억에 남는다며 묵묵히 준비했다.

트레킹을 포함한 54일간의 백패킹. 배낭 무게는 줄이고 줄여도 10kg이라고 한다. 필요한 물건은 가능한 현지 조달하여 무게를 최소화한다고 했다.

손자는 출발하며 공항에서 잘 다녀오겠다는 전화를 했다. 친구 셋이서 함께 떠난다는데, 몽블랑 트레킹은 혼자서 한다고 했다. 3일 후 문자를 넣었더니 벌써 트레킹

이틀째, 제2코스를 걷고 있었다. 배낭 무게가 만만치 않지만, 야영장에서 자고 사람들 만나 함께 걷고 있으니 걱정 말라고 했다. 저녁 산기슭에 친 텐트 옆에서 오설록차를 마시고 있는 사진이 올라왔다.

내가 할 수 일이란 기도밖에 없구나 싶었다. 손자가 걷고 있을 코스를 따라 유튜브를 매일 시청했다. 사시사철 하얀 눈이 덮인 몽블랑은 알프스 산허리에 스위스, 프랑스, 이탈리아를 끼고 있다. 몽블랑 산군 한 바퀴 170km 둘레길. 7박8일 동안 8코스를 걸어 완주하기. 약 200년의 역사를 가지고 있는 세계인들이 가장 좋아하는 유럽 제일의 트레킹 코스라고 한다.

화면에서는 광활한 대자연과 눈 덮인 산봉우리, 웅장한 모습이 이어지고 있다. 발길 닿는 곳곳마다 멋진 풍광. 해발 2,000m 하늘이 무시로 표정을 바꾸며 신비로움을 연출하고 있다. 스틱에 전신의 무게를 의지한 트레커들이 묵묵히 걷고 있다. 그 무리 속에서 손자의 모습을 찾고 있는 할미. 어느새 산은 풍경을 감추고 희부연 안개 속으로 숨어 버렸다. 그러곤 순식간에 걷힌 안개, 긴 오르막 고갯길, 깊은 내리막 골짜기, 아찔한 벼랑 옆을 걷는 모습을 보니 가슴이 떨리고 손바닥에 땀이 났다.

몽블랑 트레킹은 하루에 한 번 설악산 대청봉을 등산하는 강도라고 한다. 가슴이 두근거렸다. 그런데 묵묵히 걷는 그들의 모습을 따라가다 보니, 어느새 그들이 듬직하게 보였다. 내 손자도 저들처럼 씩씩하고 멋진 트레커가 되어 잘 걷고 있으리라. 서서히 기우가 사라지고 나는 손자의 뚜르 드 몽블랑을 응원하고 있었다.

트레킹 7일째, 마지막 한 구간을 남겨 놓은 날 손자는 버스로 출발했던 프랑스 샤모니에 돌아왔다는 카톡이 날아왔다. 밤 기온이 너무 낮아 감기에 걸렸다며, 한 코스를 남겨 놓은 미완의 몽블랑 트레킹, 손자는 많이 아쉬웠으리라. 그래도 큰 사고 없이 6박7일 몽블랑 트레킹을 마쳤으니 얼마나 다행인가.

"지빈아, 무사해서 고맙다!"

긴 안도의 한숨을 내쉬며 가슴을 쓸어내렸다. 저절로 감사의 기도가 흘러나왔다.

"지빈아! 축하한다."

나는 반가움에 손자에게 얼른 축하 문자를 보냈다. 내일이면 같이 떠났던 친구들과 합류한다는 문자가 떴다.

순간 안심이 되었다.

친구들이 편안한 초원을 달릴 때, 손자는 거친 땅을 택했다. 타자와 동행하기보다 자신과 대면한 손자. 안주를 허락하지 않은 알프스의 아름다운 풍광을 보면서 두 스틱에 의지해 자신의 내면을 성찰하면서 걸었으리라. 누구도 짐 지우지 않는 등짐을 걸머지고, 마치 고행을 자초하는 선사처럼 알프스의 품에 안긴 손자가 장해 보였다.

녀석은 어릴 때부터 감동을 주는 손자였다. 여덟 살쯤이었을까. 길을 걸을 때면 안전한 인도 쪽으로 손을 잡고 나를 이끌어 주었고, 식사 후에는 꼭 커피를 내려 살그머니 내 앞에 내놓던 아이. 초등학생 때부터 자기가 모은 돈이라며, 지폐와 동전이 소도록한 상자를 웃으며 나에게 보여 주곤 했다. 트레킹에서 스틱은 중요한 장비이니 좋은 것으로 장만하라고 했다. 그랬더니 비싼 물건에 눈독을 들이면 한도 끝도 없다는 게 아닌가. 54일간의 짧지 않은 여행을 자기가 모은 돈, 최소 경비로 알뜰하게 다녀온 손자. 어느새 소비에서 가성비를 생각하는 경제관념이 건전한 청년이 되어 있었다.

손자는 요리에도 관심이 많아 요리하기를 즐긴다. 몽블랑 트레킹에서도 편한 산장을 마다하고 추위를 견디며 텐트에서 자고, 밥도 직접 해 먹었다. 50여 일간 유럽 여행에서도 비싼 음식점 마다하고 주변 마트에서 저렴한 식재료를 사다가 숙소에서 요리해 친구들과 맛있게 먹었다고 한다.

나는 손자가 부럽다. 이십 대로 돌아갈 수 있다면 영어를 배우고, 손자처럼 주도적으로 거침없이 세계를 누비고 싶다. 그러나 이제 패키지여행도 겁이 나 못 떠나는 순간이 곧 오지 않을까 싶다. 그래도 보고 싶은 아름다운 세상, 나 대신 손자가 세계를 누비고 있으니 흐뭇했다.

손자에게 몽블랑 트레킹에서 가장 힘들었던 것 세 가지만 얘기해 보라고 했더니, '배낭 무게, 텐트에서 잘 때의 추위, 평탄하지 않은 길'이라고 한다. 방한 준비가 미비해 감기에 걸렸던 손자. 미완의 트레킹이 아쉬운 듯한 손자의 대답이었다.

앞으로 손자는 어떤 인생길을 걸어갈까. 때론 무거운 배낭을 지고 평탄하지 않은 길에서 비바람과 혹한을 만나기도 할 것이다. 삶에 지칠 때는 우직하게 묵묵히 걸었던 아름다운 설산 몽블랑의 풍광을 떠올렸으면 좋겠다.

웃는 얼굴 예쁘다

60년 지기들과 홋카이도로 칠순 여행을 떠났다. 4만 년 전 화산활동의 흔적인 시츠코츠 호수, 맑고 깊은 물을 바라보니 폐부 깊숙한 곳의 앙금이 빠져나가는 듯 시원했다.

억대를 호가한다는 유려한 말이 끄는 마차를 탔다. 황금비 내리는 공원을 한 바퀴 도는 순간, 여왕이 된 듯한 착각에 빠졌다. 제주에서는 흔하지 않은 단풍이 고운 노잔호 스파크, 형형색색의 커다란 호박 무더기 옆에 섰다. 우리는 호박 같은 얼굴을 내밀고 사진도 찍었다.

하루 종일 수다를 떨어도 할 이야기가 남아 있는 친구들. 그녀들과 10년 전 필리핀으로 환갑 여행을 다녀온 추억을 떠올리며 살았다. 세월의 강이 무심한 듯 흘렀다. 하지만 세월은 한 친구를 이미 저세상으로 데려갔고, 한 친구는 무너져 거동이 어렵게 되었다. 손자 돌보미로 발목 잡힌 친구의 빈자리는 허전했다. 여행은 돈과 건강, 시간까지 주어야 받을 수 있는 선물임을 다시 실감했다. 그동안 몇 번의 시도 끝에 칠십이 되어서야 코흘리개 친구 여섯이 홋카이도 품에 안겼다.

산과 계곡으로 둘러싸인 온천호텔에 가방을 풀었다. 포근한 다다미방에서 유카타로 갈아입었다. 잘 차려진 저녁 식사로 포식했다. 그리고 기대했던 유황 온천탕에 몸을 담갔다. 노곤한 피로감이 몰려왔다. 하지만 노천탕에서 바라본 밤하늘의 초롱초롱한 별들과 초겨울의 쌉싸름한 공기로 피로감은 싹 물러섰다. 새로운 세상, 화산이 만든 신비한 산야를 눈에 담았다. 순간순간 찰칵거린 사진. 그 속에서 자신들을 찾아내었다. 그러다 세월의 흔적이 너무나 뚜렷한 얼굴 모습에 실망한 듯했다.

"이래서 나는 사진 같은 거 안 찍는다니까…."

여기저기서 한숨이 새어 나왔다. 내 모습도 다르지 않았다. 둘째 날 저녁 숙소에서였다.

"우리 미소 여왕을 뽑으면 어떨까?"

두둑한 상품을 회비에서 지출하고, 웃지 않은 사람은 벌금을 내자는 나의 엉뚱한 제안에 아무도 반대하지 않았다. 다음 날부터 친구들 표정이 조금씩 달라졌다. 언제 들이댈지 모르는 사진기를 의식해서 얼굴 표정과 포즈에 신경을 쓰는 모습이 역력했다. 저녁에는 찍힌 모습이 궁금했는지 모두들 돋보기를 찾았다.

몇 년 전 외모를 잘 가꾸는 친구의 성화에 둘이서 성형외과를 찾은 적이 있다. 눈 밑에 볼록한 지방을 제거하고 처진 눈꺼풀을 올리고, 볼 밑 늘어진 주름을 펴면 봐줄만 할 것 같다는 생각이 들어서였다. 용기를 내어 성형외과 의사와 상담했다. 그러나 예뻐지기가 어디 그리 쉬운가. 엄청난 비용은 차치하고라도 장시간 걸리는 수술은 고통과 위험이 예상되었다. 섬뜩했다. 서둘러 병원 문을 나와 버렸다. 그 후론 예쁜 연예인들을 보면 엄청난 대가를 지불하고 얻은 미모라는 생각에 찬사를 보내고 싶었다.

"화난 사람은 무대에 서지 말아사주."

난타 연주를 지켜본 지인이 한마디 했다. 표정이 굳은 연주자를 빗대어 한 말이었다. 퇴직하고서 그동안 즐겁게 익힌 난타. 지인들의 행사나 요양시설에서 힘든 이들을 위로하기 위해 무대에 설 때가 종종 있었다. 관객들은 연주 내용보다 연주자의 얼굴 표정에 더 시선이 머무는 듯했다.

거울을 보며 자연스럽게 웃는 표정을 요리조리 지어 보지만, 근육이 굳어서 웃어도 웃는 게 아니었다. 내가 내 얼굴 표정을 맘대로 바꿀 수가 없었다. 불만스러웠다.

치아를 살짝 드러내고 입꼬리를 살짝 올려보자고 누군가 제안했다. 입을 다물 때보다는 볼밑 주름이 살짝 가려지는 것 같았다. 표정이 좀 부드러워진 듯했다.

일곱 명의 여인들의 3박4일 칠순 여행에서의 화두는 '웃으면 예쁘다'였다. 시간이 흐를수록 사진 속 여인들의 모습은 달라지고 있었다. 마지막 날 찍힌 사진 속에는 환한 미소를 머금은 예쁜 할머니들로 변신해 있었다. 모두 만족스러운지 까르르 웃는 모습이 소녀들 같았다. 웃는 얼굴 예쁘다.

자랑스러운 셋째를 바라보며

    셋째인 작은딸네가 오랜만에 내려왔다. 훌쩍 자란 손자 학이를 안아보니 묵직했다. 삼복더위에 먹이고 재울 생각을 하니 은근히 걱정이 되었다. 그런데 리조트에서 머문다는 말을 듣는 순간 걱정을 내려놓았다. 큰딸네와 합석한 식사 자리는 오랜만의 해후로 화기애애했다.

    내가 스물아홉에 작은딸이 태어났다. 아들에 이어 세 살 터울인 큰딸과 세 살 터울로 태어난 셋째를 열다섯 살 어린 아기업개에게 맡겼다. 어린 것 셋을 떠안은 아기업개와 벼랑 끝에 매달린 듯한 어린 자식들. 지금 생각하면 참으로 무모한 엄마였다. 이제야 가슴을 쓸어내린다. 힘에 부쳤을 아기업개가 여러 번 바뀌었다.

셋째가 겨우 돌을 지날 무렵이었다. 아기업개가 집을 나가 버렸다는 연락을 받고 급히 달려온 어머님은 혼자 방에서 울고 있는 손녀를 안고 가셨다. 그 후 내 품을 떠난 셋째는 1, 2주에 겨우 한 번 어미를 볼 수밖에 없었다. 엄마와 갑자기 떨어진 어린 것이 얼마나 불안했을까. 그때는 할머니의 가없는 사랑으로 괜찮을 거라고 믿었다.

아이들보다 먹고살 걱정이 우선이었지 싶다. 일을 내려놓지 못한 대가로 수시로 흐르는 눈물과 가슴앓이를 견뎌 내야만 했다. 어머님은 기댈 곳 없어 애태울 때 나를 밀어 준 수호천사였다. 아들과 작은딸을 4년씩이나 키워 주신 분, 이미 강을 건너가신 그분을 생각하면 고맙고 죄스러울 뿐이다.

시골집 마당에서 야생초처럼 자랄 때는 작달막한 키에 가무잡잡한 피부, 심한 사투리로 유치원에서 따돌림을 받지 않을까 걱정되었다. 세월이 흐르면서 외모도 많이 변해 갔다. 스물셋에 서울 총각과 사랑에 빠져 결혼하고, 서울에 둥지를 틀면서 다시 내 곁을 떠났다. 어릴 때 많이 안아 주지 못한 미안함에 오래도록 곁에 두고 싶은 내 마음을 외면하는 것 같아 섭섭하기도 했다.

지은 업은 돌려받게 되는 법인가. 결혼하고 사는 모습 보러 상경한 남편에게 딸은 가슴 깊숙이 박힌 옹이를 드러냈다.

"아빠! 왜 나는 할머니와 살았어요? 언니는 안 그랬는데…."

가슴 한구석 아픈 손가락이었는데, 드디어 송곳이 되어 찌른 것이다.

셋째는 남편의 판박이다. 깔끔하고 자기주장이 확실한 작은딸. 외모와 성격, 심지어 질병까지도 아빠를 많이 닮았다. 그래서인지 둘은 뭔가 더 통하는 것 같았다.

"리향이는 당신 딸, 리경이는 내 딸 하자."

언젠가 남편이 웃으며 농담을 하곤 했다. 공항 출구에서 작은딸을 기다리고 있는데 어떤 늘씬하고 멋진 연예인이 다가오는가 싶어 눈을 크게 뜨고 바라보았다는 남편은 딸바보였다. 훤칠한 키에 하얀 피부, 옷도 개성을 살려 잘 입는 작은딸을 바라보면 젊음이 참 아름답구나, 하는 생각이 들곤 했다.

아이 키우고 직장생활하며 열심히 살아가던 셋째. 그런데 어두운 그림자가 드리웠다. 암세포가 슬며시 침입했다.

갑상선암 중에서 좀 까다롭다는 암으로 수술 후 동위원소 치료를 받아야만 했다. 치료가 힘들었는지 완치보다는 '그냥 안고 가겠다'는 셋째의 선택은 아슬아슬했다. 얼마나 힘들었을까 생각하니 가슴이 아렸다.

딸은 갑작스런 병마에 무섭고 불안했을 것이다. 그러나 어미가 해 줄 수 있는 것은 그저 기도밖에 없었다. 남편의 대장암 수술 후 얼마 지나지 않아 순식간에 덮친 작은딸의 수술은 내 마음의 호수에 던져진 무거운 돌덩이 두 개였다. 오래도록 파문져 흔들렸다.

휴가가 끝나는 날 시원하고 분위기 있는 음식점에서 식사를 했다. 딸들은 어릴 적 추억의 편린들을 찾아내어 보따리를 풀어놓았다. 셋째는 '오빠의 카세트 테이프를 모두 마대에 담아 망치로 부수던' 아빠의 모습, 고3 때 엄마의 해외 연수로 정성스레 싸 준 아빠표 도시락을 본 친구들이 혹시 새엄마가 왔냐는 농담을 했다고 한다. 아빠 덕에 연고전 농구대회 실황을 녹화로 볼 수 있었다는 셋째.

스튜어디스 실기시험에 대비해 굵은 다리를 매일 소나무 밀대로 밀어 주었다는 아빠, 가끔 만들어 준 아빠표 만두 맛을 잊을 수 없다고 큰딸이 풀어놓았다. 딸들의

아빠에 대한 추억담은 계속 이어졌다. 엄마표 김밥이 소
풍 김밥 콘테스트에서 일등했다는 셋째의 추억 한 자락이
없었다면 나는 어쩔 뻔했는가.

지금도 어려운 일이 있으면 딸들은 아빠를 찾는다.

"딸들은 시집가서 고생하니 곱게 키워서 보내야 한다."

딸들 몫의 일은 자기가 하겠다던 남편. 딸들이 아빠만
찾으니 외톨이가 된 듯 서운했지만, 다이아몬드 옆의 진주
가 빛이 나지 않음은 당연하기에 그냥 비우기로 했다.

유난히 독립적이고 생활력이 단단한 작은딸을 바라보며
《사람은 무엇으로 사는가》라는 톨스토이 단편이 떠올랐
다. 어릴 적 따뜻한 할머니의 사랑과 시골집에서 야생초
처럼 자란 작은딸. 셋째는 사노라 힘들어도 병마로 무서
워도 약한 마음을 내비치지 않았다. 속으로 삭이는 그 마
음 얼마나 외로웠을까. 세 살까지라도 내 품에서 키웠어야
했는데, 겨우 돌 지나자마자 어미 곁을 떠나야 했던 딸.
그 아이에게 의지할 곳이 되어 주지 못했다. 그래서 성인
이 되어서도 어미에게 기대지 않는 것은 아닐까.

"리경아! 너무 미안하다."

부녀의 투병 의지는 꿋꿋했다. 무력하게 바라보는 나의

우려를 아랑곳하지 않고 스스로 잘 이겨 나갔다. 그들은 무서운 암 앞에서 힘들다 내색하지 않았고, 긍정적인 성정으로 병마를 이겨 나갔었다. 고마웠지만 아슬아슬하고 짠했다.

듬직한 아들 키우며 제 길 잘 헤쳐 나가는 의연한 작은딸. 4박5일의 여름휴가가 너무 짧은 듯 긴 머리 나풀대며 아쉬운 듯 돌아보며 떠났다.

흔치 않은 행운을 누리신 분들

　친정집에는 아버지께서 소일거리로 가꾼 작은 정원이 있다. 아버지는 이곳에서 하루에도 몇 시간씩 머무셨다. 아버지 덕분에 작은 뜰에는 꽃과 나무들로 늘 싱그러웠다. 버려진 그릇을 모아 꽃과 나무를 심어 정원 구석구석에 자리를 내주었다. 옥상 텃밭에도 포도와 싱싱한 채소를 가꿔 자식들에게 나눠 주셨다. 좁은 공간이지만 아버지의 손길로 작은 뜰은 오종종 모인 생명들로 가득했다. 우리 육 남매가 부모님의 손길에 잘 자라 제각각 삶을 꾸리는 모습처럼.

　언젠가 부모님을 뵈러 친정집에 갔을 때였다. 어머니는 장롱 깊숙한 곳에서 뭔가를 꺼내셨다. 호랑이 무늬가 '필'과

'승' 사이에 위엄있게 그려진 '필승무운장구(必勝武運長久)' 라고 쓰인 심상찮은 물건이었다. 누렇게 얼룩지고 해진 긴 천조각이었다.

외할머니가 손수 짠 명주천에 빨간 실로 한 땀 한 땀 매듭수를 놓은 글이 새겨져 있었다. '천인요대(千人腰帶)'라고 했다. 정말 천 사람의 손을 빌려 수를 놓았는지는 알 수 없었다. 그래도 아버지의 무사고와 안전한 귀환을 바라는 마음이 간절했음을 나타내는 것만은 분명해 보였다. 요대를 보물 다루듯 조심스레 매만지는 어머니. 감회 어린 어머니 눈빛에서 아버지에 대한 믿음과 사랑을 느낄 수 있었다.

6·25전쟁 막바지에 가장 치열했던 백마고지 전투. 열한 번이나 밀고 밀리는 사투에서 소대원들이 모두 전사하고 사흘을 헤매다 가까스로 아군을 만나 목숨을 구해 살아오신 아버지.

어머니는 아직도 아버지가 섬뜩한 생사의 갈림길을 헤치고 나올 수 있었던 것은 2년여 동안 아버지의 허리를 감싸고 있던 천인요대 덕분이라고 믿고 있는 듯했다.

"느네 아버지 돌아가시믄 관 속에 이건 꼭 넣어 드리라."

어느 사이 백수를 바라보고 계신 아버지에 대한 어머니

의 염려와 사랑. 그건 아버지의 삶을 누구보다도 잘 알고 계신 어머니의 존경심이 아닐까. 마치 유언처럼 하시는 어머니 말씀에 경외심마저 들었다.

한결같이 아버지 곁을 지키던 어머니는 거동이 불편해지자, "나 요양병원 가켜!" 하고 스스로 원해 요양병원에 입원하셨다. 연로한 아버지 수발이 미안하고 부담스러워 내린 결정이었다.

어머니가 병원에 계시는 동안 아버지는 양손 지팡이에 몸을 의지하고 하루도 거르지 않고 병실을 찾으셨다. 살을 맞대고 평생을 함께한 반려의 빈자리. 병원을 다녀온 후 혼자 계셔야 하는 나머지 시간들이 아버지에게는 십 년 같았을 것이다. 아버지는 안부 전화를 드리는 자식들에게 외로워 못 살겠다고 전에 없이 하소연을 하셨다.

병원에 계신 어머니도 마찬가지였다. 아버지가 혼자 주무시다 아침에 눈을 뜨지 못하면 어찌하느냐고 이만저만 걱정이 아니었다. 병원이 집보다 편하다고 하던 분이 온종일 홀로 계신 아버지 생각뿐이었다. 아버지에게 짐을 덜어 드리려고 병원을 선택하신 어머니가 돌연 퇴원을 결정하셨다.

한 달 만이었다. 구순을 넘긴 노부부의 진한 포옹. 어머니가 퇴원해 집안에 들어서는 순간 벌어진 아버지의 대담한 스킨십이었다. 꼭 껴안고 좋아하셨다는 두 분. 요즘 젊은 세대라면 익숙한 애정 표현이지만 나이 드신 부모님의 애틋한 모습을 전하는 남동생의 말에 내 마음이 출렁였다.

어머니의 빈자리가 얼마나 허전했으면, 아버지는 좀처럼 어머니 곁을 떠날 줄 몰랐다. 엄마에게서 떨어지지 않으려는 어린아이처럼 애절한 눈빛으로 바라보며 두 손으로 어머니의 아픈 다리를 주무르셨다.

"느네 어멍허고 가치 사는 게 얼마나 좋은지 이제사 알았져."

칠십 년을 해로하신 아버지의 절절한 애정 고백이었다.

강인하고 지혜로우셨던 어머니, 수심 깊은 고요한 바다처럼 희로애락의 파고를 쉽게 드러내지 않으시는 아버지. 서로 다른 성품이지만 빈 둥지가 된 삶의 여정에서 서로 의지하고 친구처럼 자식처럼 챙겨 주는 모습은 애틋했다. 아버지가 아프시면 어머니의 아픔은 어느새 사라졌고, 정성을 다해 아버지를 간병하셨다.

아버지는 어머니가 부자유스런 몸으로 주방에서 멀어진

후 어머니 역할을 대신하셨다. 아침마다 옥상 텃밭에서 가꾼 케일에 요구르트를 넣어 믹서에 갈아서 어머니께 드렸다. 음식을 계속 흘리는 어머니의 입가를 닦아 주시는 아버지. 그 모습을 보며 가슴이 찡했다. 나이 들수록 어머니를 향한 애정 표현이 깊어지셨다.

자식들도 부모님에 대한 효심이 남달랐지 싶다. 세 아들 모두 박사학위 수여식에서 아버지께 사각모자를 씌워 드렸을 때, 아버지의 미소는 풍성한 결실을 얻은 듯했다. 노인대학 졸업식에서 학사모를 쓰고 졸업장을 받은 게 전부인 아버지. 배움에의 갈증을 자식들을 통해 보람과 대리만족을 느끼신 듯싶다.

장남은 안식년 때 두 달 동안 고향에 내려와 부모님과 함께 보냈다. 교직에 있는 둘째 아들네는 방학마다 내려와 부모님을 돌봐 드렸다. 어머니가 휠체어에 의지하면서부터 12년간 일요일마다 부모님을 찾아뵙고 집 안을 두루 살피고 챙기는 막내 남동생, 토요일마다 한 번도 거르지 않고 부모님의 의복과 목욕 수발을 드는 여동생과 집 안 곳곳을 살피고 식재료를 사다 나르는 제부, 멀리서 전화로 늘 안부를 챙기는 애교 넘치는 큰올케와 세심한 막내딸,

모두 효자 효녀 효부들이다. 동생들에 비하면 가끔 뵈러 가는 나는 부끄럽지만, 이런 자식들로 부모님은 덜 외로우셨지 싶다.

보기 드물게 장수하신 두 분. 평생 해 오던 일을 끝까지 놓지 않고 팔십이 넘도록 현역이셨다. 효자 효부인 자식들과 백년해로한 부부의 인연과 사랑, 이것이 두 분의 장수 비결이 아니었을까.

부모님은 이 세상에 놀랍게도 서른네 명의 혈육을 남기셨다. 자식들, 손자 손녀들, 증손자 손녀들 모두 제 앞길을 잘 헤쳐 나가고 있다. 마치 부모님, 조부모님께서 한결같이 성실한 모습으로 사셨던 모습을 본받기나 한 것처럼.

어머니 96세, 2년 뒤 아버지 100세에 편안히 고종명하셨다. 흔치 않은 복을 누리신 분들이지 싶다.

제4부 내가 있어 네가 있기를

손자와 나의 성물(聖物)

　집과 직장을 다람쥐 쳇바퀴 돌 듯 오갔던 세월. 다양한 역할에 매몰되어 정신없이 사느라 종교의 필요성이 크게 다가오지 않았다. 그렇지만 어디 삶이 그리 호락호락하던 가. 삶의 무게가 파도처럼 밀려왔다 순간 사라지기도 하였 지만, 때론 며칠 혹은 몇 달, 몇 년 동안 가슴속에 묵직한 돌덩이가 되곤 했다.

　퇴직하고 조용히 지내던 어느 날, 친구 따라 절 마당에 들어섰다. 검은오름 자락 '서연암'이란 소박한 나무 표지 판이 반겨 주었다. 곱게 다듬어 놓은 넓은 잔디마당을 지 나 요사채에 들어섰다. 눈빛이 온화한 스님이 반갑게 맞아 주셨다. 스님이 무심히 건네는 보이차를 천천히 마셨다.

차 맛이 은근했다. 담쟁이덩굴 속 작은 법당에서 삼배를 올렸다. 스님의 깊은 법문에 고개가 끄덕여지기도 했다. 그러나 내면 깊숙이 자리한 불안을 잠재우지 못했다. 한동안 머뭇거리다가 흔들리는 마음을 스님께 내비쳤다.

"스님! 불안과 두려움이 올라올 때는 어떻게 하면 좋을까요?"

"염불하십시오."

스님은 담백한 한마디를 내놓으셨다. 염불하면 불안이 사라질까? 스님 말씀에 솔직히 반신반의했다.

아들은 손자와 손녀를 키우며 제자리를 잡아야 할 나이인데 대학 시절부터 품었던 꿈을 내려놓지 못하고 뒤늦게 고시원에 파묻혀 만학의 시간을 버티고 있었다. 아들의 그늘진 모습을 망연히 바라보아야 했던 시간.

아들을 보면 눈가가 흐려지고 목이 아릿했다. 비좁은 고시원에서 책에 파묻혀 보내는 막막한 시간. 혼자 아이 둘을 키우며 직장생활을 하는 며느리. 힘든 병마를 견디며 묵묵히 아들을 지원하는 남편을 바라보는 것이 쉽지 않았다. 무엇보다 아무것도 할 수 없다는 무력감이 견디기 어려웠다. 이때 나를 세워 준 건 염주였다.

아들의 시험 날. 9시부터 극도의 긴장 속에 하루 종일 펜 끝에 집중하여 흰 종이를 메우고 있을 아들의 모습을 상상하니 염주를 쥔 손이 축축했다. 오직 내가 할 수 있는 일은 이것뿐. 염주를 잡은 손이 나를 붙들어 주었다. '간절히 원하면 가 닿으리'라는 어느 시인의 시구를 떠올리며 마음을 다독였다.

아들에게도 인고의 강물이 오래도록 흘렀다. 오랜 가뭄으로 목마른 호수에 단비가 내려 촉촉하듯, 아들에게도 견디어 낸 세월이 헛되지 않았다. 고난의 시기에 유예했던 소소한 일상의 행복을 되찾아 즐기는 듯하다. 힘들여 얻은 일이 아들의 적성에 맞는 듯해 너무 고맙다.

나 역시 나약한 중생이었다. 바람이 차가울 땐 외투가 필요했다. 커다란 벽에 맞닥뜨리면 간절히 어딘가에 기대고 싶은 불안한 존재. 스님을 뵈온 후 나도 모르게 염불하며 염주를 돌리는 자신을 보았다. 어머니의 수술실 앞에서, 남편이 오랜 투병으로 마지막 뇌수술에서 깨어나길 바라면서. 긴장이 되는 순간, 가족들이 어려움을 겪을 때 '나무아미타불!' 염불을 하고 있었다.

염주를 지니고 있으면 편안하다. 대추목 백팔염주를 손에

쥐고 조물거리면 사르륵사르륵 맑은 소리가 전신으로 전해 온다.

내 나이 오십에 첫손자를 품에 안았다. 커다란 눈망울에 오똑한 콧날, 작은 얼굴에 또렷한 윤곽이 얼마나 예쁘던지 심장이 쿵쿵거렸다. 보고 돌아서면 또 보고 싶었다. 자라는 모습 하나하나가 신기했다. 순간순간 선물을 받는 기분이었다. 녀석은 별 탈 없이 커 주었다.

어느새 손자가 중3이 되었다. 그런데 어느 날 큰딸의 얼굴이 그늘져 보였다. 문을 열고 들어서면 집 안이 가득해지는 큰딸이 머뭇거리다 무겁게 입을 뗐다.

"준영이가 한 달 동안 거의 못 먹고, 조금 먹으면 설사하고 아프다고 합니다."

매일 조퇴를 하고 공부에 집중하지 못하고 있다는 것이었다. 고입 연합고사가 코앞에 닥친 시기였다.

언제나 환한 미소로 우리에게 긍정의 에너지를 주던 손자. 시험 스트레스가 오죽했으면 병증에 사로잡혔을까. 그도 그럴 것이 원하는 인문계 고등학교에 진학하려면 고입 연합고사에 우선 합격하여야 한다. 적지 않은 학생들이 이 시험에 떨어져 시내에서 먼 원치 않은 실업계 고등학교에 다녀야 하는 실정이었다. 큰딸도 뒷바라지에 신경 쓰는 모습이 안쓰러웠다. 손자에게 힘이 될 것이 있을까 며칠간 궁리하다가 나는 손자에게 아끼던 백팔염주와 간단한 편지를 건네며 껴안아 주었다.

> 사랑하는 준영아
> 걱정되어 불안할 때나 시험지를 펼치기 전, 눈을 감고 심호흡을 크게 몇 번 한 후 이 백팔염주를 돌리며 나무아미타불을 잠깐 염불하거라. 그러면 마음이 가라앉고 시험에 집중할 수 있을 것이다. 이 염주는 할머니가 네 삼촌을 위해 기도할 때 돌리던 건데, 삼촌이 큰 시험을 치르는 날이 다가오면 할머니도 긴장되고 걱정되어 부처님의 가피를 바라며 간절히 기도를 드렸다. 그때 내 손을 떠나지 않았던 염주이니 이제부터는 네가 간직하여라. 삼촌이 합격한 것처럼 너에게도 행운이 있을 것이다….

염주를 받은 손자는 원하는 고등학교에 입학했고, 대학도 무난히 합격했다. 군대도 잘 다녀왔다. 복학하기 전 군에서 받은 월급을 꼬박꼬박 저축하고 아르바이트도 하여

20여 일 동안 서유럽 3개국 배낭여행을 혼자 다녀왔다. 코로나 시기에도 나름 충실히 대학생활을 하고 원하는 직장에 들어가 성실하게 일하고 있다. 무탈하게 커 가는 모습이 대견하기만 하다.

군에 갈 때, 혼자 배낭여행을 갈 때도 아이의 손목에는 염주가 있었다. 염주가 손자를 지켜 주는 것 같다. 신기하고 고마웠다. 염주로 나와 손자의 마음이 이어진 듯하여 흐뭇했다.

어머님의 곶감

시골집 마당은 텃밭 몫을 단단히 했다. 하귤, 대추, 앵두, 감귤, 감나무 사이에서 사시사철 갖가지 채소가 싱싱하게 자랐다. 어머님은 일 년 내내 손수 가꾼 유기농 친환경 채소를 밥상에 올리고, 가을에 수확한 과일들은 조금 남기고 자식들에게 나누어 주셨다. 텃밭을 가꾸며 자연과 함께 지내시던 시부모님은 평생 병원과는 거리가 멀었다. 작은 텃밭에 심은 나무와 채소들은 어머님의 소일거리이자 벗이었다.

시댁에 들어서면 바로 눈앞에 튼실한 감나무가 유독 눈에 띈다. 5월 중하순, 황백색의 앙증맞은 꽃송이가 가지마다 매달리면 뜰은 화사한 풍경으로 바뀐다. 연록의 풋감이 다홍색으로 물들어 갈 즈음, 어머님의 흐뭇한 시선을 받으며 감은 탐스럽게 익어 갔다. 볕 좋은 어느 가을날, 어머님은 생의 알곡을 거둬들이듯 다홍색 감들을 대바구니에 채우며 우듬지에 까치들 몫을 남겨 놓는 배려도 잊지 않았다. 곱게 물든 잎사귀를 하나둘 내려놓고 파란 허공에 빈 가지가 한 폭의 동양화로 걸릴 무렵, 시골집 마당의 정취는 한껏 무르익었다.

"어머니, 참 멋지지예!"

나의 탄성에 어머님은 고개를 끄덕이며 웃으셨다. 감나무는 찬란한 일광과 바람, 비와 눈을 숙연히 받아들이며 어머님의 마음에 자리 잡았다. 그래서인지 언제부턴가 감나무를 바라보면 모진 세월을 묵묵히 살아내신 어머님의 얼굴이 겹쳐 떠올랐다.

어머님은 잘 익은 감을 정성스레 껍질을 벗기고 옥상에 대나무발을 펴 줄지어 말렸다. 곶감 만들기는 어머님의 연례행사였다. 반쯤 말린 곶감을 봉지에 나누어 담고 냉동고에 보관했다가 자식들에게 나눠 주셨다. 어머님의 곶감은 거무스름하고 투박하지만, 속 깊고 순박한 그분의 성품이 느껴졌다.

기계로 깎아 매끈하고 색감을 그대로 살린 야들야들한 곶감이라도 어머님의 작품에 비길 수 있을까? 일 년 내내 마음으로 키워 자식들에게 간식으로 내어 주는 애틋한 사랑이 배어 있는 곶감. 출출할 때 어머님의 곶감은 입안을 고운 다홍색 감빛과 향기로 물들인다.

100세 되신 아버님에게 알츠하이머 치매가 찾아와 어머님을 타인으로 바라보는 날이 오고야 말았다. 두 분을 갈라놓아야 하는 순간이 왔다. 고민 끝에 아버님을 요양원으로 모시고 얼마간 홀로 지내시던 어머님. 평생 함께해 온 아버님을 그리워하다가 극심한 스트레스를 받으셨던 것일까, 뇌경색이 어머님을 덮쳤다. 언어마비와 함께 오른쪽 반신마비는 모든 것을 앗아가 버렸다. 절망으로 빛을 잃은 시선과 축 늘어진 육신. 어머님에게 무엇으로 남은 생을 이어 나갈 희망을 드릴 수 있을까.

샌드버그는 "희망이란 머리와 가슴을 작동하게 하는 활력소요, 사람의 기능을 최대로 발휘하게 하는 촉진제"라고 했는데, 어머님은 촉진제인 희망을 놓아 버린 듯했다. 죽 숟가락을 외면하고 고개를 돌려 버렸다. 어머님을 세워 드리기 힘들 것 같다는 불안감에 가슴이 아렸다.

"아이고! 보호자는 환자를 잘 보셔야지요!"

깊은 밤, 간호사의 목소리가 모두 잠든 다인 병실에 울려 퍼졌다. 번쩍 뜬 내 눈에 벌건 피로 물든 침대 시트가 들어왔다. 잠시 눈을 붙인 사이 어머님은 정맥주사 바늘과 오줌관을 모두 뽑아 버렸다. 잠깐 조는 사이에 벌어진 일이었지만, 제대로 간병하지 못했다는 자책감에 죄송해서 눈물이 핑 돌았다. 돌아누운 어머니의 등을 가만히 만졌다. 어머님의 등이 작게 움츠려 있다. 내 마음에 파문이 일었다.

어머니는 내가 교직과 육아를 선택해야 하는 갈등으로 고민하고 있을 때 선뜻 손자와 손녀를 맡아 정성을 다해 키워 주셨다. 심장을 나눈 자신의 혈육을 원했지만 인연이 없었던 어머님은 손자를 자식인 듯 돌보는 것이 낙이었다.

40여 년간 어머님은 오직 손자를 오롯이 세우기 위해 염불하고 기도해 주셨다. '간절하면 가 닿으리'라 했던가. 자신이 품어 키운 손자가 만학의 힘겨운 도전이었던 사법 시험 합격 소식을 전화로 듣고 소리 내어 한참 우셨다고 한다. 어미인 나보다 더 내 아들을 아끼고 보살피며 늘 정성을 다해 주셨던 분. 많은 것을 받기만 하고 해 드린 것은 턱없이 부족하기만 했다.

점점 희미해져 가는 어머님의 모습을 보며 시간을 되돌려 보고 싶었다. 어머님을 위해 할 수 있는 일이 없었다. 다음 생에서는 이생에서의 어머님의 사랑을 조금이나마 갚을 수 있을까.

체격이 좋은 어머니를 휠체어로 옮겨 드리는 일은 혼자 감당하기 힘들었다. 스스로 설 수 없는 어머님을 세우는 일조차 힘에 부쳤다. 어머님과 함께 넘어질 듯 비틀거리는 내 몸은 생각대로 움직이질 않았다. 전신에 비 오듯 흐르는 땀, 어머니를 부축하지 못하여 쩔쩔매는 내 몸이 야속하기만 했다.

재활 의지를 포기하신 듯한 어머님을 일으켜 세우려는 노력에서 자식들은 서서히 손을 놓고 있었다. 어쩔 수 없어 요양원으로 모시던 날, 그분의 눈빛은 차라리 편한 것 같았다. 요양원에서 적응을 하시는 듯했던 어머님은 결국 삶을 지우려는 듯 마비되지 않은 손으로 생명줄인 음식 삽입관을 계속 뽑아 버리는 것이 아닌가. 이제 보내 달라는 마지막 애원이었지 싶다.

남에게 의지하지 않고 끝까지 자신을 세우고 싶었던 어머님.

돈 천 원도 헛되이 쓰지 않고 일생동안 아껴 둔 통장에는 잔액이 소도록이 남아 있었다. 자신을 위해 제대로 된 옷 한 벌 사 입지 않고 차곡차곡 모아 둔 돈은 살아 계신 아버님을 위해서도 요긴하게 썼다. 오직 자신 때문에 가슴으로 품어 거둔 자식들 힘들지 않게 하려는 어머님의 깊은 배려에 눈시울이 흐려졌다.

"어~ 어엇!"

"와! 우리 어머니 말씀하시네!"

병실에 들어선 며느리가 반가워 왼손을 들고 단음절 소리를 냈다. 꼭 잡은 손을 오래도록 놓지 않았다. 어머님과 눈을 맞추고 수다를 잔뜩 늘어놓았다. 어머님의 눈은 내 이야기에 장단을 맞추고 궁금한 것도 묻는 것 같았다. 곱게 빗어 넘긴 은발머리에 하얀 피부, 편안하게 웃는 얼굴을 보니 마음이 놓였다. 얼마 만인가, 이 환한 미소! 죽음의 절망과 고통을 넘어서서 며느리에게 보내는 최상의 선물이었다. 가슴을 짓눌렀던 무엇인가가 사르르 녹아내렸다.

올가을, 시골집 마당의 감나무는 안주인이 곶감 만들기가 어렵다는 것을 알아채기라도 한 듯 몇 개만이 쓸쓸하게 익어 갔다.

＊ ＊ ＊

    고마우신 나의 어머님 김묘생 여사님은 2016년 3월, 87세를 일기로 고단한 삶을 마감하셨다.

나를 살린 것은 남의 살이었다

  언젠가 어머니와 함께 텔레비전을 보고 있었다. 화면에는 굶주리는 아이들을 보여 주며 구호의 손길을 호소하고 있었다. 보고 계시던 어머니가 화면 속 눈만 커다란 아이들을 가리키며 말씀하셨다.

  "너 세 살 적 얼굴이 저 아이와 꼭 닮아났져."

  불면 날아갈 것 같았다는 어머니의 아픈 회상이었다.

  아버지가 6·25 포화 속으로 들어가시기 전, 국민학교 운동장에서 얼마 동안 훈련을 받으셨다고 한다. 어머니는 매일 돼지고기를 볶아서 점심을 챙겨, 나를 업고 운동장 모퉁이에서 아버지를 기다리셨다. 그런데 등에 업힌 내가 배고파 울면 돼지고기 한 점 입에 넣어 주고, 또 울면 또

한 점을 먹이곤 했다.

영양실조로 불면 날아갈 것 같았던 내 모습. 아버지가 드실 돼지고기가 나를 살렸다는 어머니 말씀에 나는 눈물이 핑 돌았다.

나는 20대에 세 살 터울로 아이 셋을 낳았다. 집에서 자식들을 챙기고 직장에서 많은 아이들과 노심초사 버둥거리던 시절. 결혼 전 60kg이 넘었던 체중은 점점 내려갔다. 에너지가 바닥나 버린 듯했다. 30대 초반에 근무하던 학교는 교무실이 2층에 있었다. 교무실로 올라가려면 계단 옆 안전 지지대를 잡고 올라가야 했다. 누우면 종아리뼈가 아려 밤잠을 설치곤 했다.

"며느리야! 월급 타면 보약 한 첩 지엉 먹으라."

나를 보며 안쓰러워하시는 아버님 말씀에 울컥했다. 돌아보니 내 삶에서 심신이 가장 고단했던 시기였지 싶다.

교대 학력 보충으로 방송통신대학 가정과에 편입했다. 영양학 시간에 우유가 완전식품이어서 영양 보충에 좋다는 내용을 알게 되었다. 마침 학교에서 우유 급식이 시작되어 우유를 마시게 되었다. 얼마쯤 시간이 지나자 나도 모르는 사이에 서서히 기운이 났고, 단잠도 자게 되었다.

연이은 출산으로 몸속에서 빠져나간 양분과 칼슘을 소젖이 보충해 주었던 것 같다.

40대 후반에 이것저것 욕심을 내다보니 또다시 체중은 50kg 초반까지 내려갔다. 다리가 너무 가늘어 넘어질 것 같다며 주위에서 걱정했다. 퇴근해 집에 와서 얼마동안 쉬지 않으면 집안일을 할 수가 없었다. 옆에서 권하는 염소 제골즙을 먹고 난 후 4kg이 올라갔다. 체력을 회복했다. 30년 전 올라온 체중이 지금까지 유지되고 있다. 세 번째 영양실조였던 내 몸을 염소 한 마리가 살린 것이다.

얼마 전 서울에서 손자가 오랜만에 내려왔다. 가까이 있는 큰딸네 가족과 저녁 식사 후 분위기 있는 찻집에 앉아서 도란도란 이야기꽃을 피우다, '사람은 먹기 위해 사는가, 살기 위해 먹는가'라는 토론이 벌어졌다. 대학생 손자들은 거침없이 먹기 위해 산다고 했다. 나는 살기 위해 먹는 쪽이라고 했더니, 손자들의 반론이 이어졌다. 식사를 하면서 행복감을 느낀다면, 그것은 잘 먹기 위해 더 열심히 사는 거라고 항변하는 게 아닌가.

그런가? 먹는 것은 생리적 기본 욕구이기에 논쟁의 여지가 없지 않을까. 나이 들어 병이 깊었을 때 한 열흘쯤

먹지 못하면 눈을 감는다고들 한다. 결국 먹는 것은 삶과 죽음이 맞물려 있는 것이라는 생각이 든다.

그러고 보니 숨 쉬고 활동하는 내 몸은 내가 무엇을 어떻게 먹으며 살고 있느냐가 그대로 나타나는 것인데, 나는 지난날 필요한 영양분을 공급받지 못해 영양실조로 위험해지기도 했었다.

살아 움직이려면 적절한 에너지가 필요하고 그것을 몸의 주인이 채워 주어야만 한다. 너무 당연한 인과법칙을 지혜롭게 실천하지 못했다.

무지했던 젊은 날, 20대 임신출산기에 영양과 칼슘 부족으로 30대 활동에 힘이 들었다. 40대 중반부터 골다공증 진단을 받고 30년째 치료를 받고 있다. 몇 년 전 대만 가족여행에서 비 오는 날 계단에서 미끄러져 골반에 금이 가는 사고를 당하기도 했다. 60대 초반에는 미술관 그림 앞 접근금지 봉에 걸려 살짝 넘어졌는데도 무릎 슬개골이 금이 가 깁스를 하고 오래 고생했다. 지금도 6개월에 한 번 내분비내과를 방문해 골다공증 치료를 받고 있지만 잘 치료가 되지 않고 있다.

이제 와서 바라본 나의 건강상태. 몸 건강을 점검하면

서 적절한 영양 보충을 해 주었더라면 하는 후회가 밀려온다. 젊었을 때 영양과 운동 부족이 지금의 나의 삶의 질을 어렵게 하고 있다는 것을 요즘 절감하고 있다.

"넘어지면 안 돼, 넘어지면 끝장이야!"

나는 걸으면서 주문을 외우곤 한다. 나이가 드니 보이는 한쪽 눈마저 약시가 되어 넘어지기 쉬운 신체 조건에, 골다공증으로 아차 하는 순간 사고를 당할 수도 있으니 조심하며 살고 있다. 미리 챙기지 못한 대가를 혹독하게 치르고 있으니 어찌하랴. 인과론은 피할 수 없음을.

나는 어떻게 살고 있는가. 내 건강을 유지하고 나를 살도록 하는 것은 내가 먹는 한끼의 식사다. 그 속에는 온 우주가 들어 있다. 또한 수많은 사람들의 노고가 녹아들어 있다. 그러고 보니 온갖 생명들의 살과 그 생명들을 살리는 많은 이들의 노고가 나를 살리고 있는 게 아닌가. 나를 살리고 있는 것은 남의 살이라는 것을 뒤늦게 깨달았다.

가장 맛있는 음식

친구의 초대를 받았다. 소꿉친구 다섯 명이 달려갔다. 아담한 전원주택의 정원에는 싱그러운 꽃나무들이 우리를 환영해 주듯 반짝였다.

"우와, 예쁘다!"

4월 초인데도 초록 잔디마당에는 연록색 새잎을 뾰족하게 내민 크고 작은 생명들과 키 작은 화초들이 저마다의 자태를 뽐내고 있었다. 잡초 하나도 허락하지 않을 것 같은 정원 관리사, 친구 남편의 작품이지 싶다.

그러나 내가 기대한 건 친구가 차려 주는 밥상이었다. 돼지갈비찜, 잡채, 시금치나물, 표고버섯졸임, 고사리볶음, 소고기뭇국이 올라왔다. 그녀의 요리 솜씨가 제대로 발휘된 푸짐한 밥상. 이게 얼마 만에 먹어보는 맛난 음식인가! 나는 감탄사를 연발했다.

남이 해 준 음식이 가장 맛있다. 나는 친구 집에 가서 식사 대접을 받거나 음식점에 가면 많이 먹게 된다. 그런 나를 보고, 그렇게 실컷 먹고도 날씬하니 얼마나 좋으냐는 부러움의 눈길도 받곤 한다.

그러나 할 일이 많거나 신경을 쓰면 식욕이 떨어진다. 체중계의 눈금을 의식하지 않으면 체중이 곧바로 내려간다. 그러고 보니 다이어트보다 살찌우기가 어려우니 많은 친구들의 부러움을 살 만도 하다.

하지만 겉으로 보이는 게 전부가 아니다. 소화력이 그리 좋은 편이 아니어서 맛있는 간식도 거의 먹지 않는다. 비워야 채워지는 것이니 간식도 참을 수밖에 없다. 아마 젊었을 때도 그랬던 것 같다. 그래서 아이들에게 빵이나 과자 같은 간식을 잘 사 주지 않았는데도 아쉬움 없이 커 줘서 고맙다.

주방에서 식사를 준비하며 냄새를 맡으면 식욕이 떨어져 본의 아니게 소식을 하곤 했다. 이런 내게 남편은 가끔 걱정을 했다.

"밥맛 없으면 입맛으로, 입맛 없으면 밥맛으로 먹어야지."

그러나 그의 염려와 달리 혼자서 잘 먹고 있다. 나름 생존 방식을 터득한 것은 아닌가 싶다. 나는 지인과의 만남을 무척 반긴다. 반가운 얼굴 보며 밥 한 끼 맛있게 먹으면 든든하고 만족스럽다.

가족 말고 밥을 가장 많이 함께 먹은 친구 K가 있다. 그녀가 해 주는 음식은 참 맛있다. 퇴직 초기에는 거의 매일 만났다. 요즘도 주 세 번은 함께한다. 내 인생 황금기에 K와 짝꿍이 되어 세상을 누비고 있다. 외눈박이 약시로 운전을 못하는 나를 태우고 어디든지 함께 달려가 주니 친구야, 정말 고마워!

사실 그녀가 해 주는 음식을 자주 먹게 된 것은 코로나덕분이다. 복지관의 색소폰 강좌가 폐강된 후 우연히 알게 된 지인의 세컨드 하우스에서 색소폰 부는 지인 몇 분과 주 2회 모여서 텃밭을 가꾸고 색소폰을 불었다. 저녁은 즐겁게 가꾼 유기농 야채로 K가 솜씨를 발휘했다. 그녀는 요리하기를 즐겼고, 손이 빠르다. K가 해 주는 음식을 먹는 즐거움은 색소폰 불기보다 더 기분 좋았다. 그녀 덕분에 쓸쓸한 황혼기에 외로움을 모르고 살고 있다.

K는 재주꾼이다. 요리뿐만 아니라 책을 많이 읽고 말솜씨, 글솜씨, 유머 감각에다, 무엇보다 음악적 재능과 그것을 남에게 알기 쉽게 가르치는 동료학습에서 빛을 발한다. 그녀는 해안아트홀 웰빙 공간에서 '우아미앙상블' 리더로 색소폰과 하모니카를 지도해 재능 기부의 기쁨을 함께 누리고 있다. 올곧고 진솔하게 살아가는 절친, 나의 심신에 자양분을 넣어 주고 있으니 어찌 고맙지 않은가.

현직에서도 점심시간을 기다리곤 했다. 아이들과 급식실에서 함께 먹는 점심은 꿀맛이었다. 퇴직하고 학교에서 점심을 못 먹게 되어 서운했었다.

그런데 하나의 문이 닫히니 또 다른 문이 열렸다. 퇴직하자마자 집 가까이 노인복지관이 문을 열었다. 복지관에는 시니어를 위한 다양한 문화프로그램이 개설되었다. 배우고 싶었던 색소폰, 기타, 오카리나도 마음껏 연주하고 핸드폰 활용교육, 신나는 라인댄스도 즐기고 있다. 무엇보다 복지관 식당에서 점심을 먹을 수 있어서 참 좋다.

거리두기 해제로 다시 복지관 식당 문을 열었다. 견과영양밥, 봄동된장국, 코다리강정, 우엉채볶음, 오이양파무침과 배추김치 등 전문 영양사가 식단을 짜고, 자원봉사자들이 정성을 다해 조리를 돕고, 배식까지 해 준다. 인공 조미료가 들어가지 않는 집밥 같은 편안한 식단이다. 봉사자들은 어르신이 요구하는 양만큼 방금 조리한 따뜻한 음식을 정성껏 배식해 준다.

나는 오늘도 봄을 알리는 향긋한 봄동된장국과 쫄깃한 코다리강정, 우엉채볶음 등을 천천히 음미하며 먹었다. 2,500원의 행복을 만끽하는 순간이었다.

노인이 되어 좋은 점도 많다. 급식비를 보조해 주어 좋은 식사를 제공해 주는 복지정책으로 주 5일 하루 한 끼 복지관 점심은 나의 건강지킴이 역할을 톡톡히 하는 것 같다. 편안하고 자유로워서인지 식욕도 평상을 유지하고 있다. 요지부동이던 체중계 눈금이 요즘 들어 조금씩 올라가고 있다.

자연이 품은 소중한 생명들과 헤아릴 수 없는 사람들의 노고로 내게 온 한 끼 식사, 그 귀한 음식이 나를 살리고 있다. 한없이 감사할 뿐이다. 무엇보다 아무 수고도 없이 남이 해 준 음식을 대접받을 때 무어라 표현할 수 없이 뿌듯하다. 내 삶의 황혼기에 소중한 한 끼의 식사를 주시는 모든 생명들을 향해 큰절을 올리고 싶다.

마지막 안식처

이사할 아파트를 처음 본 순간 낡고 우중충해서 우울했는데, 화이트 컬러로 산뜻하게 리모델링하고 나니 깔끔하고 이쁜 공간으로 변신했다. 아마도 이 지상에서 내 마지막 안식처가 될 것 같다.

무엇을 버리고 남겨야 할지, 함께 18년간 잘 살아온 아파트에서 이사할 생각을 하는 순간 참 막막했다. 정리는 엄두도 못 낸 채 시간만 흘렀다. 남편과 교제하며 주고받은 편지, 간간이 써 두었던 일기장, 수많은 사진들, 남편의 흔적이 고스란히 메모된 책상 달력들, 제자들 졸업 앨범, 만만찮은 책들, 하나둘 늘어난 낡은 가구들, 많은 상패들을 어떻게 정리해야 할지 몰라 머뭇거리다 두 달여 시간만 지나 버렸다.

아이들을 불렀다. 아들도 시간을 내어 내려와 결혼 이전의 흔적을 골라내느라 꼬박 이틀이나 끙끙거렸다. 아들이 고르고 고른 물건이 세 박스가 넘었다.

"어머니, 이 반닫이와 오디오는 버리지 마시고 잘 보관해 주세요."

부모의 손때가 묻은 물건을 간직하고 싶었는지 간곡히 부탁했다.

아들, 큰딸과 셋이서 산더미같이 늘어놓은 물건 속에 파묻혀 울고 웃었다. 다 잊었던 일들, 아, 그때 그런 일도 있었네. 많은 추억들이 고구마가 줄기에서 딸려 나오듯 기억이 되살아났다.

"리향아, 엄마와 아빠 첫 키스한 날 쓴 일기 여기 있네!"

쑥스러웠지만 놀라운 흔적이었다. 신기해서 나도 모르게 딸에게 일기장을 넘겼더니 순식간에 폰카를 들이댔다. 아뿔싸! 말릴 틈도 없이 찍히고 말았다. 일급비밀이 공개되는 순간이었다.

앨범들 속에서 무엇인가 열심히 찾던 큰딸이 나에게 서운함을 드러냈다.

"엄마! 너무한 거 아니에요?"

"오빠와 리경이 앨범은 있는데 왜 내 것만 없어요?"

큰딸의 항의가 이어졌다. 왜 큰딸 앨범만 없는지, 그 이유가 떠오르지 않았다. 만들기는 했는지, 그럼 그 앨범만 어디로 사라진 건지 알 수가 없었다. 어릴 적 유난히 예뻤던 큰딸인데, 앨범 하나 남겨 주지 못했구나 하는 미안함에 한마디 변명도 못했다. 자라는 자기 모습이 많이 궁금했을 터인데.

내 삶의 애환을 고스란히 품고 있는 빛바랜 물건들. 이제야 베일을 벗고 그 모습이 드러났다. 주인의 손길이 전혀 닿지 않은 구석진 곳에서 먼지를 뒤집어쓴 채 견디고 있었다. 흑백 사진 속에 빠져들다 보니 저절로 미소가 지어지기도 하고 가슴이 뭉클해지기도 했다.

남편과 교제하고 결혼해 떨어져 살면서 4년간 주고받은 많은 편지들. 빛바랜 종이에서 번지는 묵은 냄새, 한 장 한 장 넘기면서 가난했지만 서로를 위해 간절히 기도하며 편지로 그리움을 달래던 젊은 날의 추억이 되살아났다.

남편이 48년 전 생애 두 번째 월급을 받고 나에게 보낸 편지다.

사랑하는 선아에게

이달 봉급 41,400원을 수령하였습니다. 처음 생각엔 약 30,000원 부송할까 했는데 착오가 났습니다. 우선 25,000원 부송하니 받으시어 쓰십시오. 며칠 동안 주사도 맞느라고 용돈이 조금 들어가서 상상외로 지출을 하였습니다마는, 객지 생활을 너무 많이 하다 보니 그럭저럭 생활할 수 있으리라 믿습니다. 없으면 없는 대로 생활할 수 있으니까.

첫 달 봉급은 부모님께, 두 번째 봉급은 부인에게, 세 번째는 아들에게, 네 번째 봉급을 타야 나의 차례가 되고 술이라도 한잔 하겠습니다. 사실 옷값(쥬리닝)이랑 동료 결혼식 비용이랑 하다 보니 양해 바랍니다. 우선 필요한 대로 헌이와 쓰고 계십시오. 특히 헌이 건강에 유의하고, 방학 때 헌이와 당신을 맞이할 날을 손꼽아 기다리며

1972. 5. 2.

나의 사랑하는 부인과 아들에게

두 번째 월급을 타고 돈을 보냈다는 남편의 편지. 그때 그런 일이 있었나, 기억을 더듬어 본다. 아물아물한 기억

들을 건져올리는 마음. 그동안 켜켜이 쌓인 내 삶의 흔적들은 모른 체하고 난 무엇을 위해 달렸을까?

다 버릴 것이다. 남편이 즐겨 입던 옷 한 벌, 구두 한 켤레, 마지막 몇 년간 적은 금전출납부, 그의 일과가 빼곡히 기록된 2018년 달력, 휴대폰, 훈장과 그의 일생을 정리해 담은 퇴임 특집 교지와 소품 몇 가지만 골랐다. 작은 상자 하나였다.

그가 아끼던 물건과도 이제 결별해야 하는 시간이 왔다. 한 사람이 남긴 흔적이 작은 상자 하나뿐이라니. 너무 적어서 미안했다. 어쩌면 남긴 물건은 하찮은 것일지도 모른다. 그 사람은 과연 무엇을 남기고 떠났을까….

실감났다. 떠나고 버리고 사라지고 잊혀지고. 내가 가버린 후 자식들도 이러하리라. 어쩌면 이 많은 물건들을 품기 위해 달려온 세월인데, 이제 그것들도 버려야 한다.

책은 3분의 1로 줄였다. 큰딸은 더 줄이라 했지만, 읽지 않으면서도 책을 더 줄일 수 없었다. 기증할까 궁리도 해보았지만, 엄두가 나지 않아 수거하는 지인에게 그냥 넘기고 말았다. 그러면서도 어떻게 처리했느냐고 차마 묻지 못했다. 가구들도 작은 집으로 옮길 수가 없었다. 지인에게 나눠 주고 '당근마켓'이라는 온라인 커뮤니티에 기증하는 사진을 찍어 올리면 필요한 사람이 쓰겠다며 연락이 왔고, 고맙게도 대부분 가져갔다. 옷은 체구가 좀 작은 동생에게 대부분 줄 수 있어서 좋았다. 하나하나 새 주인을 찾아 주느라 시간이 꽤 걸렸다.

물건을 정리하면서 많은 것들을 그저 소유만 하고 있었다는 것을 느꼈다. 사용하지 않으면서 보관만 한 것이다. 소유가 아니라 물건을 사용하는 진정한 주인이 되어야 한다는 생각이 문득 들었다. 이번 기회에 더러는 진정한 주인을 찾아 주었다는 생각에 조금은 위로가 되었다.

삶의 추억들인 상패는 하나하나 사진을 찍어 두고 폐기물 마대 속으로 들어갔다. 제자들 졸업 앨범도 마대에 담겼다. 하나하나 담길 때마다 쓰레기가 되어 버리는 물건들은 생산되지 않았으면 좋겠다는 생각이 들었다.

삶의 공간을 많이 줄인 작은 아파트. 혼자 사는 데도 이런 공간과 물건이 필요할까, 잠시 생각했다. 사람이 떠나며 남기는 것들은 쓰레기뿐이라는 죄책감이 밀려왔다. 이제까지 너무 풍요롭게 살아왔으니 지금부터 쓰레기를 줄여야 하리라. 온난화, 기후 위기가 떠오르면서 살아온 삶을 돌아보았다.

　그동안 취미로 모은 우표 앨범들, 고르고 고른 책, 필요한 가전제품, 약간의 식기, 옷, 간단한 침구와 화분 몇 분을 옮겼다. 다 버렸다고 생각했지만 70년 세월 동안 살면서 아직 버리지 못한 물건들이 있다. 본래의 자리로 돌아갈 시간이 멀지 않음에도 이 또한 물건들을 소유하고 싶은 중생심은 어쩔 수 없는 것 같다.

　톨스토이도 편안하게 자유를 누리며 살고 싶다면 주변에 있는 사치물을 제거하라고 했다. 물건을 줄이고 버리고 나누고 나니 기분이 홀가분해졌다. 작은 집에 꼭 필요한 물건만 남기니, 내 품안으로 다 들어오는 것 같다. 물건의 진정한 주인이 된 듯했다. 관리나 청소 부담이 많이 줄었다. 삶이 단순하고 편안해진 느낌이었다.

　오늘에만 매몰되어 산 것 같다. 왜 그랬을까. 앞만 보고 뒤를 돌아보지 않고 살았다. 얼마나 어리석었는지. 오늘을 알차게 행복하게 살기에도 부족한 시간, 어찌 과거를 돌아볼 것이냐며 살았던 듯싶다. 여유있게 천천히 호흡하며 살걸, 이제야 깨달았다.

　산같이 여여한 누군가의 어깨에 기대어 평화롭게 오손

도손 정을 나누었던 공간을 뒤로했다. 이제 아담한 이 집에서 나 혼자만의 시간을 살아갈 날들을 그려본다. 자유와 한가로움을 즐길 수 있는 나만의 포근한 안식처를 사랑하며.

어머니는 꽃신을 신고

어머니가 가족과도 소통이 힘들고 회복이 어려워지자 요양병원에 입원하셨다. 어머니가 안 계신 친정집은 적막감과 냉기가 감돌았다.

어머니의 옷장을 열었다. 주인이 찾지 않는 옷들이 쓸쓸히 걸려 있었다. 가슴에 서늘한 바람이 일었다. 옷장에는 얼마 전 결혼한 장손부가 해 드린 황금색 비단 한복이 눈에 띄었다. 설날 아침 곱게 차려입고 자손들의 세배를 받으시던 옷, 그리고 잠깐 외출할 때 즐겨 입으시던 개량한복이 반갑게 다가왔다. 세월에 빛바랜 한복 두어 벌과 봄가을 상의와 겨울 외투 하나를 제외하고는 꼬질꼬질한 평상복이 몇 개 있을 뿐, 작은 옷장 안은 단출했다.

어머니는 무슨 옷을 입고 사셨을까? 고관절을 다쳐 12년 동안 휠체어에 의지하셨기에, 어머니에게 옷은 그림의 떡이었을지도 모른다. 사흘 굶은 건 몰라도 추레한 의복은 사람을 초라하게 한다는 말이 있다. 가끔 필요한 옷 없으시냐고 물으면 늘 같은 말씀을 하셨다.

"나 옷 필요 엇저. 옷 입엉 어딜 가느니?"

옷 입고 갈 곳이 없다는 어머니. 어머니의 우주는 밭과 비좁은 가게뿐이었다. 소박한 성격의 어머니도 여자이니 가끔 예쁜 옷 입고 시선을 받고 싶은 순간도 있었을 것이다. 그러나 친구도 갈 곳도 없이 팔순이 넘도록 물건 몇 개 놓고 빈 가게를 지키며 하루를 보내셨다.

어머니 돌아가시고 유품을 정리했다. 머플러를 하나 골랐다. 넉넉하여 등 전체를 덮을 수 있는 모직 숄이었다. 파란색과 보라와 청록, 빨강이 배색된 제법 화사한 숄을 가슴에 안았다. 늦은 가을부터 침대에 두고 무릎에 덮거나 어깨를 감싸시던 것이었다. 어머니의 체온이 아직 남아 있는 듯 따스했다.

지금 와 생각해 보니 어머니는 왼손 약지에 보라색 알이 박힌 금반지를 늘 끼고 계셨다. 95세에 고관절 수술을 받으러 수술실에 들어가기 전 어머니 손에 끼고 계시던 반지를 빼면서 여쭈었다.

"어머니! 이 반지 누가 해 준 거우꽈?"

"큰며느리가 해 주었져."

"반지는 몇 개 있수가?"

"하나뿐이여."

하나뿐이라는 말을 듣는 순간 얼굴이 화끈거렸다. 어머니 얼굴을 볼 수가 없었다. 거추장스러워 평생 반지와 거리를 두고 살아온 나와는 다르게 어머니는 반지를 늘 끼고 계셨고, 그 반지를 자주 어루만지셨다. 혹시 어머니는 그 반지 하나로 여자로서 자존심을 지킨 것은 아니었을까. 아버지를 조르거나 스스로 반지 하나쯤은 더 마련해 번갈아 끼셨을 법도 한데, 그러지 않으셨다. 아낌없이 주는 나무처럼 다 자식들을 위해 주면서 정작 자신을 위해서는 반지 하나, 옷 한 벌 사지 않으셨던 어머니, 돈 천 원도 아껴 가며 모은 돈은 자식과 손자들, 어려운 친척들에게 흔쾌히 쓰셨던 어머니.

모든 것 다 받고도 어머니의 진심에 조금이나마 가 닿으려 하지 않고, 겨우 반지 하나로 평생을 사시다가 돌아가시게 하다니…. 이제 어머니 유품인 반지는 생전에 어머니를 위해 혼신을 다한 둘째딸 손가락에 끼워져 있다.

"난 늘 어머니와 함께 햄수다."

언젠가 반지를 만지며 말하던 애틋한 동생의 효심이 부러웠다.

어머니는 작은 키에 몸집이 있으셔서 옷을 고르기가 어려웠다. 몇 번 사다 드렸더니 맘에 들지 않아 퇴짜를 맞고는 옷 사다 드리기를 포기했다.

어머니 옷은 센스 있고 자상한 큰올케와 작은딸이 대부분 챙겨 드렸다. 예쁜 옷을 싫어하는 여자가 어디 있을까. 어머니의 스타일과 개성에 맞는 옷을 골라 드려 기쁘게 할 생각은 하지 않고 까다롭다고만 생각했다. 가장 쉬운 현금봉투를 드리며 알뜰한 어머니는 옷보다 더 좋아하실 거라고 지레짐작했던 무심한 딸. 돌아가시고 나서야 어머니 마음에 드는 옷 한 벌, 반지 하나 해 드리지 못한 딸의 뒤늦은 후회가 밀려왔다.

작은 거인 나의 어머니 오갑인(吳甲仁) 보살님. 어머니는 세상에 정녕 무엇을 남기셨을까. 깊은 강물처럼 유유히 흘렀던 어머니의 헌신과 희생정신, 인내심, 자신보다 자식과 어려운 친척들을 배려하셨던 어머니.

여러 번의 힘든 수술을 견디면서도 늘 강인하셨다. 가난에서 벗어나기 위해 흘린 땀과 눈물로 3남3녀가 꿋꿋하게 세상을 살아갈 수 있게 정신적·물질적 밑거름이 되어 주셨다. 그러면서도 너희들 키우느라 힘들었다는 하소연 한 번 하신 적 없으셨다. 잘 커 주는 자식들이 당신 삶의 버팀목이었고, 열심히 제 길을 가는 모습이 대견하기만 하셨던 것일까?

너무 간소한 유품을 정리하며 어머니는 꼭 필요하지 않은 것은 갖지 않는 절제된 무소유의 삶을 사신 분이라는 생각이 들었다. 지극한 마음으로 불경을 가까이하셨고, 기도와 염불로 수행하신 분. 이런 어머니의 삶이 진정한 보살행이 아니었을까 싶다.

온갖 병마를 견디면서도 그곳만은 가고 싶지 않다던 요양병원에 몇 개월 입원하셨다. 딸들이 운명하실 때 입히는 초스름 옷을 가져다 침대 밑에 두었다. 그것을 어찌 아셨는지 96세의 어머니는 신발 하나를 부탁하셨다. 어머니의 마지막 부탁에 평생 어머니에게 둘도 없는 효녀인 내 동생은 아름다운 꽃을 수놓은 하얀 꽃신을 골라다 보여

드렸다. 어머니 얼굴에 순간 미소가 번졌다.

보고 싶은 자식과 며느리, 사위들과 손자 손녀들의 마지막 인사 모두 받으신 어머니. 장손부가 지어 준 황금색 비단 한복에 꽃신을 신고 떠나신 어머니의 편안한 얼굴이 다시 떠오른다.

"철이 없었습니다. 냉정한 딸이었습니다. 어머니, 용서해 주세요. 정말 뵙고 싶습니다, 어머니!"

내가 있어 네가 있기를

오미크론 세력이 무섭게 번지고 있다. 뒤숭숭한 생각에서 벗어나고 싶어 버스정류장으로 발걸음을 옮겼다. 시내버스를 타고 7분쯤 달려 도착한 곳은 겨울 빈 들판에 의연히 서 있는 제주도립미술관이다. 투명한 겨울 하늘 아래 상큼한 오후 햇살이 은빛으로 반사되어 반짝였다. 그 빛은 세련된 회색 건축물을 포근히 감싸고 있었다. 눈이 부셨다. 건물 미관에 감탄하며 천천히 걸어 들어갔다.

오늘은 장리석 화백의 상설전시실은 그냥 지나쳤다.

'보존과학자 C씨의 하루' 전시실로 바로 들어섰다. 세 번째 만남으로 작품과 전시물들이 친근하게 다가왔다. 궁금했다. 눈으로 보지만 무엇을 보고 싶은지 나의 뇌가 눈을 향해 채근했다. 예술품에서 보존과학자의 자리가 얼마나 깊이 있게 자리하고 있을까.

모든 것들이 변하고 소멸하는 자연의 순리 앞에서 미술품이나 조각품도 예외는 아닐 것이다. 시간이 흐르며 상처 입고 퇴락의 길 위에 선 예술품들, 그들의 생로병생(生老病生)을 위해 시간을 쌓아가는 많은 보존과학자들이 있다. 전시실에는 보존 복원에 사용되는 도구, 안료, 약품, 종이들이 전시되어 있다.

복원전문가들이 현장에서 무엇을, 왜, 어떻게 하는지 동영상을 통해 보았다. 그들의 작품 보존을 위한 노력, 동료들과의 협의를 통해 고민을 해결하는 데 삶의 모든 것을 쏟고 있음을 생생하게 보여 주었다. 2008년 광화문 이순신 장군 동상을 복원한 복원전문가 김겸 씨는 1개월여 복원 작업이 끝난 후 어깨와 팔의 통증을 달래느라 몇 개월이 걸렸다고 한다.

미술관에서 관람객들은 작품에만 집중한다. 그러나 이 전시회는 하나의 미술품이 작가 외에도 많은 이들의 보이지 않은 손길에 의해 보존 복원되고 있음을 말하고 있다. 시간의 흐름 속에 있는 작품들을 지키기 위해 애쓰는 보존과학자들의 역할에 집중하며 관람하다가, 호흡을 고르기 위해 빈 의자에 몸을 내려놓았다.

사람도 생로병사를 피해 갈 수 없는 유한한 존재다. 주어진 틀에서 벗어나고 싶어 종종거렸던 40대 후반. 자신의 그릇이 작은 줄도 모르고 욕심을 내던 시기가 있었다. 역부족으로 심신의 에너지가 소진되어 갈 즈음, 몸이 힘들다는 아우성을 외면하고 있었다. 정기 건강검진에서 발견된 '혈뇨'는 통증도 없어서 대수롭지 않게 여겼다. 계속 나오는 혈뇨 소견이 마음에 걸려 어느 날 의사를 찾았다. 무표정한 의사는 대수롭지 않은 듯 말했다.

"이삼 개월 약물치료를 하면 됩니다."

가벼운 처방에 안심이 되었다. 그러나 2년여 약물치료를 했는데 더 나빠졌다는 것을 알아차린 순간, 정신이 번쩍 들었다.

혈뇨의 원인을 찾기 위해 서울 큰 병원에 입원했다. 소변과 피검사만 계속했다. 주사 한 대 안 맞는 환자로 병실 침대에서 무료함을 달래며 일주일이 지나갔다. 2인실 입원료가 부담으로 느껴질 즈음 용기를 내어 물었다.

"선생님, 조직검사는 언제 해 주시나요?"

"신장 조직은 워낙 미세해서 조직을 채취하는 순간 손상을 입을 수도 있어, 위험을 감수하면서 조직검사를 해야 하나 고민 중입니다."

"만약 선생님께서 제 입장이라면…"

"당연히 안 하지요."

눈매가 선한 C의사의 조용한 음성은 의외로 단호했다. 의사는 조직검사 결과는 세 가지 병 중 하나일 것이며, 조직검사로 병명은 알게 되지만, 그 병은 치료가 거의 불가능하다고 했다. 치료법은 '양약, 한약 등 신장에 부담이 되는 것 안 먹기'라고 했다.

의사의 '불치의 병'이라는 단어만 머릿속에서 뱅뱅 맴돌았다. 퇴원을 하는 내게 담당의사는 이런 말을 했다.

"당신의 신장기능은 현재 50%이고, 언제든 원인 모를 원인으로 갑자기 신장기능이 20~30%로 떨어질 수도 있다. 그 다음은 투석을 해야 한다."

의사의 말은 나를 절망의 나락으로 밀어넣었다. 투석으로 삶을 이어 가는 내 모습을 상상하니, 암 선고를 받은 사람이 이런 기분일까, 막막하기만 했다.

우울한 낯빛이 점점 짙어가는 나를 애처롭게 바라보던

남편이 아주 약한 신장기능으로 20년을 잘 살고 있다는 귀인 Y선생님을 모시고 왔다.

"나의 처방을 믿고 실천한 사람은 살아 있고, 못 지킨 사람은 다 죽었습니다."

나를 안타깝게 쳐다보며 그가 말했다. 내 병은 이제 사느냐 죽느냐의 문제가 되어 버렸다. 그래도 살길은 "나의 실천 의지와 노력에 달렸다"는 그의 한마디에 희망을 붙잡고 싶었다.

그는 '이뇨작용을 돕는 네 가지 식물(말오줌나무, 결명자, 옥수수수염, 졸갱이 줄기)의 열매와 줄기를 말려 잘 다려서 하루에 세 차례 마실 것, 유기농 식재료로 만든 무염식 식사와 적절한 운동'이라는 처방을 주었다. 서울 의사와 배치되는 처방이어서 고민이 되었다. 그러나 무엇이라도 붙잡아야 할 것 같았다.

희망의 빛도 한순간, 망가진 신장을 살리는 길은 호락호락하지 않았다. 아무리 해도 무염식 식사는 고역이었다. 무염식은 얼마 지나지 않아 저혈압을 동반했다. 저염식으로 갈 수밖에 없었다. 남편은 말오줌나무를 찾아 제주 중산간 숲을 헤맸다. 그리고 3개월 만에 어렵게 찾아냈다.

시골 부모님 뒤뜰에 나무를 심었다. 남편은 Y선생님이 알려준 네 가지 식물의 열매와 줄기를 말려 큰 들통에 여덟 시간 동안 정성껏 다렸다. 남편은 약초를 달이며 5년여 시간을 쌓았다. 나를 살려 내리라는 간절한 기도의 시간이었다.

두 달에 한 번 서울 병원 내원이 이어졌다.

"어떠한 양약, 한약, 영양제, 심지어 감기약까지 조심해야 합니다."

"네!"

내원 때마다 어김없이 확인하는 C의사에게, 나는 '네!'라는 거짓말을 할 수밖에 없었다. 3년 동안 이삼 개월에 한 번씩 오르내린 서울 병원. C의사는 '점점 피가 맑아지고 있다'고 했다. 그분의 부드러운 미소와 조용한 목소리는 병원문을 나서는 내 발걸음을 가볍게 했다. 6개월에 한 번 오고 그 사이 집 근처 내과에서 신장기능 검사를 받으라고 했다.

그러던 어느 날 동네 개인병원 내과 주치의가 말했다.

"신장기능이 정상입니다!"

"정말입니까?"

가슴을 쓸어내렸다. 그동안 내 몸을 위해 쌓아올린 5년여 시간이 아득하게 느껴졌다.

나는 지금도 H병원 앞을 지나가면 고개가 저절로 돌려진다. 내가 먹었던 약봉지를 본 C의사가 놀라며 했던 말.

"이 약들은 신장을 살리는 약이 아니라 죽이는 약입니다."

의사는 먹어서는 안 된다고 단호하게 말했다. 2년여 동안 내 장기를 더 망가뜨린 이해할 수 없는 돌팔이의사가 떠올라서였다.

전시회 '보존과학자 C씨의 하루'는 미술품의 보존 처리, 즉 '미술병원'에서의 '의사' 역할임을 보여 주고 있다. 예민하고 날카로운 시선으로 작품을 살피고, 손상된 곳을 발견하면 서둘러 작품을 치료한다. 작품에 담긴 작가의 비의(秘意)를 찾아 살리면서, 작품 속에 새로운 시간이 쌓여 갈 수 있도록 돕는다고 한다. C씨의 하루는 작품을 향한 끊임없는 질문과 고민으로 완성되고 또다시 시작되고 있다고 말하고 있다.

보존과학자들에 의해 멋지게 단장된 작품, 니키드 생팔의 '검은 나나(라라)'가 전시실 가운데 당당하게 서 있다. 현란한 외모. '이렇게 복원되었구나.' 한참 동안 그녀에게

서 눈을 떼지 못했다. 검은 나나를 복원하기 위해 시간을 쌓아가는 보존과학자들의 깊고 세밀한 손길이 머릿속에 그려졌다.

시간 가는 줄 모르게 보낸 미술관을 나오면서 이런저런 생각에 빠져들었다. 명의 C의사, 귀인 Y선생님, 한결같이 나를 위해 헌신한 남편, 헤아릴 수 없이 많은 이들 덕분에 내 몸이 복원되었다는 생각이 문득 들었다. 나의 신장을 복원하기 위해 간절한 마음으로 시간을 쌓아올린 많은 분들. 나를 둘러싸고 있는 무한한 우주와 그가 품고 있는 수많은 인연들이 있어 내가 있다는 것.

아직도 설명할 수 없는 말, "나는 누구인가?"

'네가 있어 내가 있다'는 사실이 새삼스럽게 다가왔다.

그렇다면 과연 나는 누군가를 위해 시간을 쌓아왔고, 지금 누군가를 위해 쌓아가고 있는가?

깊어지고 고요해지는 순간, 간절한 마음으로 합장한다. '내가 있어 네가 있게 해 달라'고.

나의 애장품

　돈도 시간적 여유도 없었던 젊은 날, 우표가 나오는 날 우체국 앞의 긴 줄을 부러운 눈으로 바라보기만 했다. 지금은 새로 나오는 기념우표를 통신판매로 받는다. 이미 발행된 우표는 우표 마켓에서 구입해 모을 수 있다. '나는 우표수집가'라고 말하긴 어렵다. 그래도 몇 년간 우표 모으는 재미에 푹 빠졌었다.

　현직에 있을 때였다. 아이들은 나누어 준 우표를 책상 위에 펼쳐 놓았다. 초빙강사는 짝꿍과 같이 쓰임이 비슷한 우표끼리 무리짓기를 하라고 지시했다. 머리를 맞대고 열중하던 한 아이가 옆에 있는 나에게 물었다.

　"교장 선생님! 이거 제주 관광지 우표지요?"

"우와! 참 잘 찾았네."

내 칭찬에 아이의 눈망울이 별처럼 반짝였다. 많은 우표들 속에서 성산일출봉, 사려니숲길, 백록담 우표를 보물찾기 한 것이다. 대견했다. 체험 수업의 하나로 외부 강사를 초빙한 '어린이 우취교실'에 살짝 끼어든 적이 있다. 아이들은 우표를 보며 신기한 듯 작은 세상 속으로 빠져들었고, 나도 그날 이후 우표가 내 안으로 들어왔다.

몇 년간 줄기차게 모은 덕분에 1974년부터 2022년까지 48년간 발행된 우리나라 기념우표가 모두 나에게로 왔다. 우표들을 귀한 보석인 듯 가끔 꺼내 보곤 한다. 나의 우표 수집엔 제주우취연구회 박윤관 회장님의 도움이 컸다.

우표는 우표보관첩 5권부터 2022년도 발행분 15권까지 10권의 우표수집첩에 가지런히 정리되어 있다. 1946년 우리나라에서 맨 처음 해방기념우표가 나온 후 1973년까지 28년간 발행된 우표 수집은 아예 욕심을 내려놓았다. 우표의 희귀성 때문에 수집에 경제적 부담이 컸기 때문이다.

그래도 '지식과 상식의 보석함'이라고 불리는 우표수집첩이 늘어갈수록 부자가 된 듯 마음이 뿌듯했다.

20년 살던 집을 떠나며 끼고 살던 세간들과 결별했다.

꼭 소용이 있는 물건들만 옮겨 왔다. 신주단지처럼 가져온 우표보관첩을 책장 가운데 차곡차곡 정리해 놓았다. 그리고 소중한 나의 애장품이 되었다.

20대 초반, 그리운 사람에게 밤새는 줄 모르고 절절한 마음을 편지지에 꾹꾹 눌러써서 봉투에 넣었다. 우표를 사서 침을 묻혀 봉투에 붙였다. 아침 출근길에 우체국 앞 빨간 우체통에 '스르륵' 그리움을 밀어넣던 날들. 4년여 오간 사연들이 아직 장농 속 상자에 부끄러운 듯 숨어 있다. 한가해진 요즘 그 추억의 곳간을 열어 본다. '이런 일이 있었나?' 기억에서 새하얗게 지워져 있는 생경한 사연들이 나를 당황하게도 한다.

그 시절 중요한 우표가 붙어 있는 봉투는 이미 사라지고 없다. 알맹이만 보관되어 있다. 지금 와선 봉투와 우표가 아쉽다. 손편지와 보통우표는 디지털 통신수단에 밀려나 사라지고 있다. 꾹꾹 눌러쓰던 애틋한 마음도 사라져 가는 듯해 아쉬움이 남는 것을 어쩌랴.

그래도 아직 우리나라는 물론 세계 여러 나라에 많은 우표수집가들이 있다. 왜 사람들은 작은 네모 세상에 빠져드는 걸까? 루스벨트 미국 대통령은 "우표에서 얻는

지식이 학교에서 배운 것보다 더 많다"고 했다. 그 작디작은 네모 세상 속에 무궁무진한 정보와 다양한 문화, 자연, 역사적 사실, 문화재, 중요한 행사를 우수한 디자이너들이 작품화한 우표. 다양한 정보와 예술성이 아직도 우표를 사랑하는 우취인들을 붙잡는 것 같다.

우취인의 관심은 희귀우표도 한몫하지 싶다. 우표는 색깔이나 모양이 바뀌거나 인쇄가 잘못돼 희소가치가 클수록 값은 천정부지로 올라간다. 지금도 우표 마켓에서 '뒤집힌 제니'로 불리는 희귀우표가 15억 원에 거래된다니 믿기 힘든 일이다.

2001년 독일에서 발행하려다 폐기된 '티파니에서 아침을'의 오드리 헵번 우표가 있다. 헵번이 담배를 피우는 우표가 '헵번 아들의 승인 거부'로 미발행되었다. 그때 승인 신청하려고 낸 헵번 우표가 몇 년 전 7억 원에 거래되었다고 한다. '그 비싼 우표는 누가 살까?' 심지어 '캐롤라인 공작 부인의 봉투'라고 불리는 봉투는 호가가 무려 20억 원이라고 한다. 우리 초대 이승만 대통령 우표도 130만 원에 거래되고 있다니….

일 년에 한 번 탐라우표전시회가 열린다. 제주 우취인들은 여기에 테마틱으로 논문처럼 구성한 우표작품을 내고 참가한다. 나도 '우리나라의 불교' '제주의 관광지' 테마틱 작품을 만들어 전시회에 몇 번 참가한 적이 있다. 대한민국우표전시회에도 작품을 내어 우취인이 된 기분에 젖기도 했다.

세계 우취인들의 축제인 필라코리아−2014가 '우표? 세계 문명의 목격자'라는 주제로 2014년 세계우표전시회가 서울에서 열렸다. 나도 수학여행 가는 초등학생처럼 잔뜩 기대에 부풀어 제주우표연구회 동호회 회원들과 상경했다. 서울 코엑스 A홀은 눈을 반짝이는 우취인들의 열기로 달아올랐다. 68개국 20만 장의 우표와 함께 희귀우표들은 신기하기만 했다. 누렇게 바랜 세월이 느껴지는 편지봉투들에 나는 입을 다물 수가 없었다.

'뒤집힌 제니' '미군정 당시 하지 중장에게 배달된 우편엽서'와 '6·25전쟁 부산 피난지에서 당시 국회의장 신익희 선생에게 배달된 빛바랜 편지 봉투'에 눈길이 머물렀다. 천경자, 김성환, 이왈종, 장욱진 등 한국 대표 화가와 프란체스카 여사의 그림이 담긴 멋진 봉투도 관람객의 발길을 붙잡았다.

16년 전부터 새해 아침에 어린 손자 손녀들에게 지난 일 년 동안 발행된 기념우표첩을 선물했다.

"우와, 할머니! 감사합니다."

"할머니! 태극기 모양이 조금씩 다르네요?"

카카오프렌즈 캐릭터들이 너무 귀엽다며 좋아하는 손자 손녀들. 우표첩을 받아든 손자들이 한마디씩 했다. 2019년 발행 우표에서 독립운동을 하며 손수 그린 태극기, 손에 손에 들고 만세를 불렀던 태극기 사진 등 다양한 우표를 보며 신기한 듯 손자들의 눈이 반짝였다. 손자들은 한국의 카카오톡 캐릭터 10종 우표에, 세뱃돈보다 우표첩에 더 관심을 보였다.

언젠가 초등학생 손자 손녀들에게 퀴즈를 낸 적이 있다.

"무게에 비해 가장 비싼 것은 무엇이지? 가벼운데 가장 비싼 것은?"

머리를 갸우뚱하다가 한 녀석이 '우표'라고 대답했다.

개구쟁이들이 어느새 늠름한 청년이 되어 요즘은 우표에 관심이 줄어든 것 같아 좀 아쉽지만 어찌하랴. 관심 분야가 많아지고, 저마다 다 다른 것을.

겨울 햇살이 따스한 오후, 클로버에서 좋아하는 음악을

들으며 나의 애장품을 펼쳤다. 작은 세상 속으로 유유자적 들어갔다. 1974년 우표첩을 넘겼다. 8월 15일 '서울지하철 개통 기념우표', 11월 29일 '육영수 여사 추모 기념우표'를 보면서 지하철의 역사, 문세광의 총탄에 맞아 48세 젊은 나이에 세상을 떠난 육영수 여사에 대한 그리움과 아픔이 새삼 아릿해 왔다.

2019년엔 '꼭 가 봐야 할 관광지(해변)' 우표로 관광여행을 떠나기도 했다. '강릉 정동진 해변' '해남 송호 해변' 우표를 보면서 해변의 아름다움을 직접 눈으로 보고 마음속에 담고 싶다. 코로나19가 물러가면 꼭 가 보리라. 그래도 작은 세상 속을 누비며 요즘말로 '소확행'을 누릴 수 있어 그나마 다행이다.

나는 혼자가 아니었구나

나는 베란다 정원을 사랑한다. 거기에 앉으면 아늑하고 편안하다. 가을이면 볕이 오랫동안 머물며 다육이들과 놀다가는 공간. 이곳에 여섯 송이 탐스러운 연분홍 수국이 멀리 서울에서 입주해 왔다. 지인이 택배로 보내 주었는데 꽃잎 하나 다치지 않았다. 화사한 수국은 잔잔한 흥분으로 나를 사로잡았다.

코로나19 거리두기에 항체가 생길 만도 하건만 여전히 갑갑증이 올라오는 날, 좁은 집 안에서 답답하고 지루함을 벗어나기 위해 베란다 정원을 들락거린다. 거실 안락의자에 앉아도 다 잘 보인다. 그래도 서늘한 베란다로 부득불 나가 그들 가까이서 하루에도 몇 번씩 눈맞춤을 하면 마음의 우울이 싹 씻겨 나간다.

겨울 내내 다육이에 꽂혀서 온라인 장터에서 예쁜 화분을 주문하기도 하고, 오일장을 기다렸다가 달려가서 다육이, 화분, 마사토 분갈이 흙도 더 들여와 분갈이를 몇 번해 주곤 했다. 식구가 점점 늘어나니 비좁은 베란다 바닥에 옹기종이 모여 앉아 있는 모습이 답답하기도 하고 미안했다.

그들을 예우해 주고 싶었다. 마음을 내어 시원한 삼단 유리 선반을 주문해서 들여왔다. 투명한 유리 선반에 그들을 조심스레 모두 올려놓으니 밝고 산뜻했다. 예쁜 화분과 다육이의 앙증맞은 모습이 살아나 상큼하게 도드라져 보였다. 쪼그려 앉지 않아도 볼 수 있어 편했다.

다육이들이 도란도란 앉아 있는 유리 진열장 앞에 새 식구가 이사왔다. 경기도 용인에서 온 원목으로 만든 아담한 탁자와 의자 두개다. 탁자, 의자 모두 접을 수 있지만 택배로 올 수 없는 크기여서 동생 내외의 보호를 받으며 비행기로 온 것이다.

집에 들여온 후 남동생 내외가 한 시간여 마무리 조립을 했다. 내외가 소곤소곤 이야기하며 작업하는 모습이 참 정겹게 보였다. 짧은 시간 함께했는데도 진한 부부애가 느껴졌다.

　이혼하고 객지에서 10여 년간 두 아들을 혼자 먹이고 입히며 보낸 동생. 너무나 외로웠을 동생을 생각하면 마음 한구석이 아릿했었다. 그런데 재혼을 하고 인생 후반기가 훈훈하니 늦복이 터진 셈이다.

　동생은 퇴직 후 소형 수제 원목가구 만드는 것을 배워 도마나 작은 탁자, 소형 가구를 만들어 선물하는 기쁨을 누리고 있다. 완성과 성취, 나눔의 기쁨으로 얼굴엔 만족감과 넉넉함이 묻어 있다. 내 동생을 살맛나게 해 주는 올케가 고맙고 든든하다. 만들어 준 탁자보다 훨씬 더 큰 선물을 내게 주고 있다.

　"누나, 햇볕 드는 창가에서 귀여운 다육이들과 벗하며 차도 마시고, 책도 읽고, 일광욕 즐기며 건강하게 사십서."

　그 한마디가 내 마음속으로 깊이 들어왔다. 눈가가 촉촉해졌다. 탁자를 천천히 쓰다듬었다. 동생의 온기가 느껴진다. 은은한 나무 냄새가 정 깊은 동생의 체취인 양 편안하다. 산을 좋아하고, 나무에 관심이 많아 조경사 자격증도 따고, 요즘은 집 짓는 법을 배우고 있다며 자랑했다.

농막 하나 짓고 싶다는 동생의 소박한 꿈을 응원한다. 결 고운 원목으로 정성스레 만든 탁자와 의자는 간결한 등받이까지 있어 정원의 운치를 더해 준다. 베란다가 마치 작은 찻집처럼 아늑하다.

베란다 식구들 중엔 아들이 어려운 시험에 합격했다고, 수필 등단했다고, 예쁜 집으로 이사했다고 고마운 지인들이 보내 준 화분이 한 자리씩 차지하고 있다. 그들을 바라보며 가슴 두근거렸던 추억의 순간으로 잠시 돌아가 보았다.

동생이 선물해 준 탁자를 손으로 어루만지다 눈을 드니 베란다 끝 정리장 옆에 세워 둔 통기타가 눈에 들어왔다. 남편이 몇 년 전 내 생일 선물로 사 준 것이다. 나이 들어 새로운 악기를 연주한다는 게 쉬운 일은 아니었다. 몇 년간 기타 배운다고 어깨에 둘러메고 폼만 잡고 다녔다. 주 2회 기타교실에서 배우는 것만으로는 손가락 끝에 굳은살이 박이는 건 어림없는 일. 기타 배우기에 한계를 느끼던 차에 강렬한 색소폰의 음색에 슬그머니 밀려나 버렸다.

기타가 들어오던 날, 남편은 기타줄을 튕기며 흘러간 옛 노래 몇 마디를 은근히 뽐냈다. 서툰 솜씨지만 젊은 시절 좀 배운 실력이라는데 멜로디가 흘러나오는 게 신기했다. 열심히 익혀 흘러간 옛 노래 몇 곡 같이 부르자고 했던 남편과의 약속. 초등학교 손자들과 기타 치며 가족 음악회를 하자며 손가락 걸었던 언약도 지키지 못했다. 기타줄을 튕기던 남편은 이미 강을 건너가 버렸다. 중도 하차한 기타와의 인연을 알기나 하는 듯 손자 손녀들이 손가락 걸었던 기억을 잊어 준 것이 내심 고마웠다. 기타를 안고 오랜만에 줄을 튕기다 이내 세워 놓았다. 손자들과의 약속을 지킬 날이 오기는 할까?

슬몃슬몃 해가 저물어가는 저녁 무렵, 드립커피 한 잔을 내렸다. 향이 은은하다. 커피 잔을 들고 베란다로 나왔다. 탁자 위에는 아침에 읽다 둔 신문과 안경이 한가롭다. 커피 잔을 탁자 위에 놓고 의자에 앉았다. 클로버에 청한 '넬라 판타지아'의 오보에 선율이 잔잔히 흐른다. 베란다 정원의 고즈넉한 분위기에 끝 모를 외로움이 감겨든다.

해 질 녘 쓸쓸함에서 벗어나 문득 스치는 생각.

'아, 나는 혼자가 아니었구나. 나의 베란다 정원에는 고마운 인연들의 사랑이 그득하구나.'

싱그럽게 자라고 있는 식물들, 남편의 따뜻한 마음이

녹아 있는 기타, 탁자 세트, 화분들 하나하나에 나의 시선이 머물렀다. 아, 좋은 인연들과 이 정원에서 같이 숨 쉬고 있다는 생각이 설핏 들었다. 그 순간 나 혼자서 씩씩하게 잘 살고 있다는 자만심은 사라지고 숙연해졌다.

혼자가 아님을, 혼자서는 잠시도 살 수 없음을. 없으면 5분도 견딜 수 없는 눈에 보이지 않는 공기, 세상을 볼 수 있게 하는 빛과 잠들 수 있는 어둠을 주는 태양, 매일 마시는 물, 아파트 마당에 빼곡하게 장성한 나무들이 보내주는 신선한 공기, 작고 귀여운 다육이들, 내 가까이 있는 모든 것이 나를 있게 하는 귀한 선물임을.

"내가 있는 것은 내 주위에 있는 모든 것들이 있어서 내가 있다"는 《유마경》의 구절이 떠오른다. 하루의 피로를 평화로 회복하는 공간, 밤이면 별이 보이는 이 정원에서 그리운 인연들을 위해 기도하며 더불어 살리라.

엔딩 노트

　요양원에 계시던 아버지가 또 응급실에 실려 오셨다. 코
로나 검사 결과 음성이 나오자 병실에 입원하셨다. 두근
거리는 가슴을 진정하며 아버지 병실에 들어섰다. 침묵이
깊게 흐르는 병실엔 신음하는 환자들과 부산하게 움직이
는 간병인들이 함께 우울한 시간을 견디고 있었다.

　오전 8시, 밤새 간병한 남동생과 교대했다. 아버지는 파
리한 얼굴로 깊은 잠 속에 빠져 있었다. 고마움과 안타까
움이 밀려왔다.

　주위에서 나를 보면 참 행복한 사람이라고 했다. 내가 정
년 때까지 시부모님과 친정 부모님 네 분 모두 건강하게 살
아 계셨으니까. 내가 노인이 되는 시기까지도 가까운 혈육

과 이별하는 상실의 고통을 느껴보지 못했다. 부모님의 든든한 그늘 밑에 있었으니, 인간의 생로병사의 고통이 무엇인지 모르고 행복한 여자로 살았지 싶다.

그러나 누구나 겪는 생로병사의 괴로움은 피할 수 없는 법. 퇴직 다음 해에 남편의 암 선고, 3년 후에는 네 분 중 가장 젊으신 시어머님이 뇌경색으로 반신마비와 언어마비가 오고 말았다. 말을 할 수도 없고, 일어설 수도, 대소변도 스스로 해결할 수 없는 생물학적 사망단계에 들어가고 말았다.

물리치료도 차도가 없자, 3개월의 병원 치료 후 요양원으로 모셨다. 9개월여 병원과 요양원을 오가셨다. 어머님은 이제 그만 가시고 싶다고 음식 삽입관을 스스로 뽑아 던지셨다. 그러면 병원에서 다시 꼽는 일을 반복하다가 87세에 생을 마감하셨다.

2018년은 나에게 비운의 한 해였다. 요양원에서 5년여 계시던 106세 되신 시아버님께서 세상을 등지셨다. 요양병원에서 음식 삽입관을 끼우고 4개월여 견디시던 96세의 친정어머니와 8년여 암투병하던 남편을 보내야만 했다. 3개월 차로 내리꽂히는 세 번의 폭탄을 맞아야 했다.

그분들의 투병 모습, 마지막 몰아쉬는 가쁜 숨소리에 안타깝고 막막했던 시간. 마지막 가는 길을 지키면서 생로병사의 고통을 절감하게 되었다. 네 분 모두 병원에서 힘들게 생을 마감하는 모습을 목격했다. 삶의 마지막을 어떻게 마무리하고, 남은 가족들은 가시는 분을 어디서 어떻게 보내 드려야 할까. 편히 보내 드리고 편안히 갈 수 있는 길은 없을까?

아버지께서 이제 어머니 곁으로 가실 날이 멀지 않은 듯하다. 오늘도 아버지는 인위적으로 투여되는 영양제와 증상을 완화하는 약효 좋은 의약품으로 호흡을 이어 가고 계신다. 생명의 원천인 음식을 삼키지 못한 채 거의 석 달여가 지나고 있다. 혈압이 갑자기 떨어지고, 열이 오르고 가쁜 숨을 몰아쉰다. 몇 차례 담당의사의 위험선고가 있었다. 그래도 해열제로 열이 내리면 자식들을 알아보셨고, 웃으며 이름도 불러 주시는 다정다감한 아버지. 번번이 고비를 잘 넘기셨다.

생과 사를 넘나들며 아버지는 무엇을 기다리고 계신 것일까. 안타까운 마음을 비우려 애쓰며 두 손으로 아버지 손을 꼭 잡아 본다. 떠나온 자리로 돌아가기도, 미련이 남아 머물기도 어려운 자리. 편안하게 자연스러운 마무리를 바라지만 가능하지 않은 현실, 짧은 통증이 지나갔다. 그저 망연히 바라볼 뿐….

헬렌 니어링이 《아름다운 삶, 사랑 그리고 마무리》에서 "스코트 니어링은 100세가 되자 버몬트 숲의 소박한 둥지에서 스스로 아주 천천히 곡기를 끊고, 사랑하는 아내 헬렌 니어링에게 마지막 인사를 나눈 후 편안하게 스르륵 눈을 감았다"고 한 부분이 떠올랐다. 스코트 니어링의 존엄한 마무리는 스스로의 생사를 자기 결정으로 마무리한 흔치 않은 예가 아니었을까.

누구에게나 찾아오는 죽음. 나는 요즘 부쩍 죽음에 대한 생각에 골똘히 빠져들곤 한다. 나는 이렇게 가고 싶다. 그러나 내 삶의 마무리지만 내가 원하는 죽음이 가능하기는 할까. 나는 떠나신 네 분과 마지막 아버지의 마무리를 보며, 죽음의 순간에는 가시는 분의 의사와는 상관없이 병원 의사와 가족들의 결정에 따르게 된다는 것을 생생하게 목격했다.

몇 년 사이 돌아가신 부모님들은 존엄사를 했다고 말할 수 없다. 왜 그리 어려웠을까. 생각해 보면 그분들과 함께 생로병사와 죽음을 어떻게 자연스럽게 받아들일 수 있을지 이야기를 나눠 보지 못했다. 그분들이 원하는 죽음을 듣지 못했기에 어떻게 보내야 할지에 대한 생각을 할 수 없었다. 죽음은 피하고만 싶은 것이었으니 입에 올리기가 쉽지 않았다.

병원에서 3개월여 현대의학의 힘으로 버티시던 아버지. 그래도 100세인 아버지 나이를 생각해 음식 삽입관을 끼우지 않은 고마운 의사의 배려 덕에 힘들지 않게 떠나셨다. 아버지에게 "아버지 사랑합니다"라는 말, 처음이자 마지막 한마디하고 손을 꼭 잡은 뒤 병실을 나온 지 두 시간 후에 하늘나라로 떠나셨다.

먼저 피해 갈 수 없는 죽음을 순리로 편안하게 받아들이는 것이 우선되어야 할 것 같다. 더하여 슬기로운 죽음을 위한 공부와 준비를 미리미리 해 두어야 할 것 같다. 70대 중반 이 나이엔 마무리에 대한 내 생각을 적어 두어야 할 때가 되지 않았을까. 생사불이(生死不二). 죽음이 있으니 삶도 있는 것이고, 그래서 삶과 죽음은 하나라는 생각을 마침내 하게 되었다.

나의 엔딩 노트에는 다음과 같이 쓰고 싶다.

내 손으로 밥을 먹을 수 있고, 누군가의 약간의 도움으로 의식주를 해결하다 죽을 수 있었으면 좋겠다. 가능한 나는 혼자 살던 집에서 죽고 싶다. 혼자 가는 것도 두렵지 않다. 어차피 죽음은 혼자 가는 것이다. 언제 눈을 감을지 모르는데 내 곁에 누군가 꼭 있을 수는 없을 것이다. 마지막에 꼭 자식들이 있을 수는 더더욱 없을 것이다. 그들도 다 그들의 삶이 있으니까. 혈육들과의 작별 인사는 미리미리 해 두고 싶다.

내 몸이 서서히 쇠해져서 스스로 더 이상 팔다리를 쓸 수 없고, 내 손으로 밥을 먹을 수 없고, 화장실을 혼자 가기 어려운 시기가 오면 나는 누군가의 도움이 필요할 수 있다. 그러나 그 기간은 짧았으면 좋겠다. 병원 침대에서 음식 삽입관 끼우기를 포함한 연명 치료는 피하고 싶다고 기도하겠다. 나의 에너지가 다 소진되어 회복이 불가능하면 편안하게 가고 싶다. 연명을 위한 인위적인 어떤 처치도 원치 않는다.

세 아이들과 한자리에 있게 되는 시간에 나의 마무리에 대한 생각을 말해 두어야겠다. 내가 누구인지도 모르는 치매가 왔을 때 나는 어찌할 것인가는 좀 더 생각해 봐야 겠다. 병원과 내 자식들에게 나의 생사결정권을 넘기지 않고, 자식들의 부담을 덜어 주고 싶다.